KB148534

happy ending

$$happy\ ending$$

선물 하나가 놓이기까지

-해피 '엔딩' 이야기

김상혁

차례

작가의 말

　나처럼 사람을 싫어하는 사람도 드물 것이다. 동시에 나는 낯선 이에게 불필요할 정도로 친절하다. 나만큼은 아니더라도 상대가 나라는 '사람'을 싫어할 것이라고 짐작하는 가운데 행여 어떤 식으로든 미움의 표적이 될까 두렵기 때문이다. 사랑받지 못하는 건 어쩔 수 없어도 절대로 미움은 받고 싶지가 않다. 내가 무해하다는 사실을 티 내지 않으면 당신들이 지닌 인간에 대한 불같은 혐오가 나를 향할 것만 같다.

　얼마 전에 발표한 시가 이런 구절로 끝난다. "그리고 선뜻 말하기 어려운 것 나는 이 모든 우연이 지긋지긋하였다." 저물녘 마당에서 사랑하는 아내의 등을 쓸어내리다가 떠올린 문장치고는 참 못됐다고 생각할지 모르겠다. 하지만 실상은 그렇지가 않다. 이렇게 좋은 우리가, 한낱 우연의 연쇄가 만들어낸 결과물이라니? 우리를 이곳 마당에 서 있게 한 수많은 우연들 중에 말도 안 되게 사소한 조각 하나만 빼더라도 당신 옆에 있는 사람은 내가 아니었을 것이다. 이토록 아무렇게나 만들어진 관계가 삶의 전부라니. 나의 전부나 다름없는 당신이 고작 내가 멍청하게 받아먹은 시간들로 빚어진 사람이라니. 우연이라는 불한당이 씹다 뱉은 껌처럼 우리는 어쩌다 보니 그날 그 앞마당에 붙어 있었다.

어째서 당신은, 그토록 당신이 아닐 수 있었던 숱한 가능성을 품은 채 나에게 도착했을까? 당신이 반드시 내 옆에 있어야 하는 필연 같은 건 존재하지 않는다. 나는 당신의 이유가 아닌 것이다. 그렇지만 책과 영화 같은 이야기 속에서라면, 우연이란 정해진 결말로 이어지는 징검다리일 뿐이다. 몇 분 차이로 놓치거나 잡은 버스, 제때 전달되지 못한 편지, 갑작스러운 성공과 몰락, 소중한 이의 생환 혹은 부고 등이 필연적 요소로서 이야기 안에 존재하는 것이다. 더욱이 해피엔딩의 서사는 가장 사소한 계기로 발생한 가장 끔찍한 우연마저 여지없는 다행으로 역전시킨다. 이미 말해진 이야기만큼 나를 안심하게 만드는 것도 없다.

여기에 실린 글들은 행복한 결말에 관한 생각이면서도 그다지 행복하지 못한 결말에서조차 행복을 찾으려는 부단한 노력이기도 하다. 좋은 이야기 앞에서든 나쁜 이야기 앞에서든 최선을 다해 웃어보았나. 조금 더 친절한 얼굴로 우연을 마주하고 싶다.

마지막 퇴고 과정에서 아내가 원고를 함께 봐주지 않았더라면 출간된 책에 담긴 문장들이 부끄러워 나는 제정신을 유지하기가 어려웠을 것이다. 별것도 아닌 얘기를 대체 왜 그리 심각한 말투로 적어두었을까? 그래선 안 된다는 것을 나중에라도 알아챘다.

이 책을 읽어주실 독자분들께 진심으로 감사드린

다. 내 글을 읽은 독자와 만나, 책 속의 이야기를 두고 어디서 같이 놀던 추억 나누듯 말 섞을 수 있는 경험이야말로 작가에게 허락된 최고의 호사일 것이다. 철이 드는 것 같다. 독자분들께 진심으로 감사드린다. 점점 이런 마음이다.

2023년 여름

김상혁

우리의 고난을
아이에게 알리지 말라

루이스 하이드의 저서인 《선물》 한국어판 표지는 '대가 없이 주고받는 일은 왜 중요한가'라는 구절을 책의 제목과 함께 강조해 적어두고 있다. 이 책은 자본주의 체제 내부에 존재하면서도 끝내 자본주의적이지 않은 '선물 교환'이라는 행위가 우리 공동체에 어떤 의미를 던지는가에 관한 사유를 담는다. 하지만 모든 것을 상품으로 취급하는 시대에 루이스 하이드가 강조하는 대가 없이 교환되는 선물—특히 예술가의 재능(gift)이 대표적인 예이다—은 한낱 동화 속 이야기처럼 보이기도 한다. 실제로 아무런 보답이나 대가를 기대하는 일 없이 내 손에서 남의 손으로 선물이 전달되는 상황을 떠올리기란 너무나도 어렵지 않은가. 가족 사이에서 이루어지는 순수하고 소박한 증여도 흔치 않은데, 공동체 내부에서 발생하는 선물 교환과 그것의 순기능을 이토록 장황하게 이야기하는 책이라니.

거의 700페이지에 달하는 분량을 통해 진지한 메시지를 건네는 《선물》에 비하면, 아이와 종종 같이 읽는 존 버닝햄의 그림책 《크리스마스 선물》은 짧고 간단하다. 크리스마스 전날 밤, 산타의 실수 탓에 세상 모든 아이들 중 오직 한 명, 하비 슬럼펜버거의 침대 머리맡에는 선물이 놓이지 않는다. '길에서 먹지 말아야 할 뭔가를 주워 먹고 크게 탈이 난 순록'을 먼저 잠자리에 눕힌 산타 할아버지는, 순록이 끌어주는 썰매도 내버려 둔 채 '롤리폴리산' 꼭대기의 하비 슬럼펜버거네 오두막을 향하여 멀고 먼 여정을 떠날 참이다. 그는 선물을 받지 못한 단 한 명의 아이를 위하여 눈 덮인 깜깜한 들과 산을 군말 없이 걷기 시작한다.

창 너머로 눈부신 태양이 떠오르는 아침, 산타

할아버지의 지난밤 고생을 아는지 모르는지, 침대에서 막 몸을 일으킨 하비 슬럼펜버거는 양말 속에 담긴 산타의 선물을 꺼내어 확인하며 행복한 미소를 짓는다. 그림책은 "과연 무슨 선물이었을까요?"라는 문장으로 끝난다. 하지만 이 이야기에서 중요한 것은 상자 안에 무엇이 들었는지가 아닐 것이다. 집이 너무 가난해서 크리스마스 선물 같은 건 기대할 수조차 없었던 아이가 뭐라도 받았으니 그것으로 된 것 아니냐는 말은 아니다. '대가 없는 선물'이란 의미와 관련해 존 버닝햄의 《크리스마스 선물》에서 가장 주목할 만한 부분은, 상자 속 물건에 대한 단순한 호기심을 유발하는 "과연 무슨 선물이었을까요?"라는 저 마지막 문장이 아니라, 마지막 한 장의 그림이 보여주는 하비 슬럼펜버거의 천진한 미소와 유난히 강조되어 그려져 있는 창밖의 빛나는 태양이다.

처음부터 끝까지 이 그림책에서는 아무도 웃지 않는다. 오직 하비 슬럼펜버거만이 마지막 장면에서 딱 한 번 조용히 미소 짓는다. 그림책은 첫 장면부터

전 세계를 돌며 선물을 나누어주고 돌아오는 산타의
지친 모습을 보여준다. 그는 집으로 돌아오는 썰매
위에 그저 무표정하게 앉아 있을 뿐이다. 선물 하나
를 빼먹었음을 알아채고 '롤리폴리산' 꼭대기의 하비
슬럼펜버거네로 걷는 동안에도 그는 웃지 않는다. 이
이야기에 등장하는 다른 인물들도 마찬가지다. 도저
히 혼자 걸어서는 겨울의 '롤리폴리산'을 오를 수 없
기에, 산타 할아버지는 여정 가운데 만난 비행기 조
종사, 자동차 정비사, 오토바이를 가진 소년과 스키
를 가진 소녀, 그리고 밧줄을 가진 등산가에게 매번
도움을 청한다. 그러한 과정에서 조종사는 비행기를
잃고, 정비사의 트럭은 망가지며, 오토바이와 스키,
밧줄도 하나같이 모두 못쓰게 돼버린다. 그러니 도대
체 누가 웃을 수 있겠는가? 단 한 명의 가난한 아이
하비 슬럼펜버거의 머리맡에 크리스마스 선물 하나
가 놓이기까지 그림책에 등장하는 모든 사람은 고통
을 떠안는다. 산타를 포함해 저 모든 이들이 하비 슬
럼펜버거가 아무것도 모르고 잠들어 있는 사이 눈밭
과 절벽을 말 그대로 죽도록 구르고 있었던 것이다.

《야, 우리 기차에서 내려!》와 같은 작품에서도 알 수 있듯이 존 버닝햄은 때로 웃음을 그리는 일에 인색해 보일 정도다. 그의 그림에는 어른 앞이라고 예의상 그저 웃는 아이도 없고, 과한 부성애(혹은 모성애)적인 제스처로서의 미소를 유지하려 노력하는 어른도 없다. 《크리스마스 선물》도 그렇다. 매년 아이들을 찾아가 크리스마스 선물을 전달하는 일은 분명 고귀한 일이지만 아무리 고결한 뜻을 가진 사람이라도 노동이 힘든 것은 매한가지다. 힘들어서 웃지 못하는 산타의 모습은 그래서 현실적이며, 그러한 노고를 알 리 없기에 평안한 표정을 지을 수 있는 하비 슬럼펜버거의 모습 또한 꾸밈없는 현실이다. 이처럼 산타는 한파 속 멀고 먼 여정을 마다하지 않고 선물을 건넸고 그를 돕기 위하여 많은 이들이 희생을 감내하였다. 하지만 선물이 도착하기까지의 그러한 사정은 정작 그 혜택을 받게 될 아이에게 전혀 알려지지 않은 채 영원한 비밀로 남는다.

방금 하비 슬럼펜버거는 아무런 부채감 없이 선물을 받았다. 그래서 아이는 유독 빛나는 태양을 바라보며 거리낌 없이 행복할 수 있었다. 이것이 루이스 하이드와 함께 존 버닝햄이 이야기하는 선물 건네기의 진정한 형태이다.

지금 〈매트릭스〉는
왜 재미가 없을까?

언젠가 황현산 선생님이 수업 중에 해준 말이 생각난다. 우리는 흔히 비디오 게임 속 폭력성이 그 게임을 즐기는 실제 사람의 성격과 행동에 영향을 미칠 때 '그가 현실과 가상을 구분하지 못한다'고 말하곤 하는데, 실은 환상과 현실을 구분하지 못하는 것이 문제가 아니라, 환상이나 가상을 현실과는 완전히 다른 것이라고 생각하는 데서 진짜 문제가 생긴다는 것이다. 쉬는 시간, 선생님은 당신이 공갈빵이라고 부르는 것을 먹으며 스치듯 저 이야기를 꺼냈었다. 대충 10년은 더 된 장면임에도, 게다가 선생님 자신은 별다른 부연 없이 이내 다른 화제로 넘어가 버렸음에도 나는 여전히 그 말을 떠올릴 때가 있다. 그때나 지금이나 아주 영민한 편은 아니라서 그저 그 이야기의 표면적인 뜻을 이해하는 데만도 꽤나 머리를 굴려야 했던 것 같다.

게임의 폭력성이 유저에게 쉽게 전이되는 이유는 그가 '게임 속 나'와 '게임 바깥(현실)의 나'를 서로 다른 인격으로 여기는 탓이 크다. 이는 사람들이 인터넷 게시판을 어떤 방식으로 활용하는지를 보면 더욱 잘 드러난다. 여성, 장애인, 특정 인종에 대한 혐오를 거리낌 없이 글로 옮기는 이들이 현실에서도 혐오스럽게 행동하는 일은 그리 흔치 않다. 가령, 성적인 욕구의 대상으로 미성년과의 매칭을 원하는 사람이 게시판이나 앱에서 보여주던 태도로 자기 집 자식을 대할 거라고 생각한다면 그건 오산이다. 어린이의 성을 사고 싶어 하는 '나'와 일상에서 자기 자식에게 애정을 쏟는 '나'는 그의 의식 안에서 전혀 다른 인물이다. 두 자아가 잘 구분되어 다스려지고 있음을 그는 별로 의심하지 않을 것이다. 심지어 이러한 '격리'는 매우 의도적으로 수행되는 것도 아니다.

이런저런 가상을 주변부로 두고 현실이 독립적인 방식으로 작동한다는 사고, 다시 말해 현실과 가상(환상) 사이 경계가 명확해서 그 경계 안쪽의 일상이 불온한 가상의 매트릭스로부터 안전하게 따로 존재한다는 사고 체계야말로 '현실과 가상을 구분하지 못하는' 어떤 인간을 만들어낸다. 게임에서 누군가를 죽이고 그렇게 널브러진 시체를 (단어의 의미 그대로) 짓밟고 그 시체-캐릭터 뒤 유저의 귀가 여전히 열려 있다는 것을 알기에 그의 부모까지 끌어들여 온갖 욕설을 내뱉는 중에도 우리는 자기 인성이 무사히 보존된다고 믿는 것이다. 하지만 데리다가 강조하듯 텍스트 바깥은 없다. 이 말을 세상이란 온통 텍스트(혹은 가상)일 뿐이라는 의미로 받아들여서는 안 된다. 텍스트의 바깥, 가상의 바깥이 없는 것처럼 현실의 바깥도 없다.

우리가 시선을 던져야 하는 단어는 '텍스트'가 아니라 '바깥'이다. '바깥'은 없다. '바깥이라는 경계'는 존재하지 않는다. 텍스트와 현실, 가상과 일상의 경계는 전혀 공고하지 않다. 우리는 일견 알쏭달쏭해 보이는 데리다의 문장과 연관하여 매우 친숙한 이미지를 이미 흔하게 접해왔다. 나와 당신은 가면(가상의 자아)을 쓰고 살아간다고 생각하지만 그 가면을 벗었을 때 드러나는 것은 얼굴이라는 실제의 '나'가 아닌 또 다른 가면이라는 것. 가면 바깥은 없다. 얼굴 바깥은 없다. 그러므로 우리가 어떤 가상 속에서 가면을 쓰고 예외적으로 부도덕한 행동을 할 때 그 가면은 현실의 얼굴을 완전히 가려주지 못한다. 숨을 헐떡이는 가면, 침 흘리는, 빈들거리는 이마를 가진 가면, 혀 내밀고 찡그리면서 가상 속 타자를 학대하는 가면이 끝내 가면으로 남기란 불가능하다. 가면이 실은 얼굴을 얼굴로 남지 못하게 만드는 섬뜩한 칠(painting)이라면? 얼굴 또한 가면을 가면으로만 기능─가면이 가짜 얼굴로 기능하기 위해서는 그 뒤에 진짜 얼굴이 있어야 한다─하지 못하게 만드는 가면 뒤의 빈 공간과 같은 것이라면?

영화 〈매트릭스〉가 시리즈를 거듭할수록 관객을

끝지 못하는 이유에 대해 생각하다가 글이 여기까지 왔다. 너무나도 유명한 영화의 핵심을 이런 식으로 요약해서 미안하지만, 영화 속 '파란 약/빨간 약'이라는 상징과 연관된 '매트릭스라는 가상 속에서 편하게 살아가느냐 마느냐의 선택'의 문제가 〈매트릭스〉의 메시지와 밀접하다는 점은 널리 알려져 있다. 그런데 문제는 그러한 '선택'의 문제가 더는 이 시대의 화두가 아니라는 사실이다. 3편까지―〈리로디드〉와 〈레볼루션〉을 각각의 영화로 친다면―의 영화들은 각각 나름의 해피엔딩을 보여주지만 어쩌면 우리는 첫 번째 〈매트릭스〉의 엔딩만으로도 이미 충분히 행복했을 것이다. 인간이 존재하는 거점 '시온'이, 매트릭스 내부의 오류를 따로 모아 정기적으로 삭제하기 위해 만든 일종의 쓰레기통이었다는 설정은 여전히 흥미롭지만, 오류 아닌 것에서 오류를 '구별'해내고 그 오류들을 일정한 장소에 모아둘 수 있다는 믿음 역시 20세기적인 것이라 할 수 있다. 첫 번째 〈매트릭스〉가 개봉한 1999년은 20세기적인 믿음이 먹히는 시대의 끝자락이었다.

더 정확히 말하면 '죽었다 살아났더니 다른 세계로 왔습니다' 류의 수많은 라노벨(light novel)의 이세계(異世界)물이 이토록 인기 있는 시절이니, '파란 약/빨간 약'의 상징은 현재에 이르러 진짜 '돈'이 되는 대중적인 놀이가 되었다. 이세계물로 대표되는 20세기적인 저 '구별 짓기' 놀이는 훨씬 더 알기 쉽고 말초적인 형태로 대중에 향유된다. 이처럼 그런 구별 짓기 혹은 선택하기가 '철학' 아닌 '오락거리'가 돼버린 것은 당연한 흐름이다. 지금의 우리는 〈매트릭스〉의 철학적인 해피엔딩을 더는 진지하게 받아들일 수 없는 것이다.

권선징악 혹은 복수의 황금률,
그리고 그 너머의 무엇

누구나 아는 《잭과 콩나무》는 행복한 동화일까? 내가 이 이야기를 처음 읽어주었을 때 우리 집 네 살 아이는 결말에 이르기도 전에 울음을 터뜨렸다. 거인의 갖은 악행에도 불구하고 그가 콩나무를 타고 내려오다 낙사하고 말았다는 사실을 아이는 썩 즐겁게 받아들이지 못했다. 그래서인지 몇몇 순화된 버전의 경우, 거대한 콩나무를 도끼로 찍어 쓰러뜨리겠다는 잭의 협박에 굴복한 거인이 줄기를 타고 도로 자신의 하늘 집으로 돌아가 버린다. 아이가 《장화홍련전》을 끔찍이 싫어하는 이유도 죄인이 죗값을 치르는 것과 별개로 장화와 홍련이 어찌되었든 이야기 중간에 억울한 죽음을 맞이해서이다. 반면, 명백하게 비극적인 결말로 마무리되는 《피리 부는 사나이》는 오히려 아이에게 별다른 거부감을 일으키지 않는다. 피리 소리에 홀린 아이들이 그저 '사라지기' 때문이다. 대체 그 아이들이 어디로 간 것이냐는 아이의 물음에, 아마도 그 녀석들은 몽땅 죽었을 것이라는 어른의 대답을 들려주지만 않는다면 말이다.

《백설공주》가 우리 아이를 울게 만든 것도 어떤 비참한 죽음 때문이었다. 판본에 따라 내용이 조금씩 다르지만, 백설공주에게 독이 든 사과를 먹인 못된 왕비는 결말에 이르러 '불에 달군 쇠 구두를 신고 죽을 때까지 춤을 춘다'. 고백건대, 시뻘건 쇠 구두의 이미지에 놀라 이미 울먹이기 시작하는 아이를 아슬아슬한 심정으로 쳐다보면서도 이처럼 통쾌한 결말을 여과 없이 적어둔 판본이 싫지만은 않았다. 가련한 '여성'이 대단한 '왕자'의 도움이나 기다려야 하는, 뻔하고 지루한 공주 이야기를 읽어주는 와중에 그나마 《백설공주》의 징악 서사는 후련하기라도 했으니까. 수많은 판본이 존재하는 《신데렐라》의 결말 가운데 가장 흔한 것은 평화로운 결혼식 장면일 것이다. 그림책은 보통 왕자와 신데렐라의 행복한 모습 옆에 일그러진 표정으로 그들을 바라보는 계모와 두 언니를 삽화로 처리한다. (여기까지가 우리 아이가 좋아하는 결말이다.) 다만 신데렐라의 결혼식에 참석한 계모와 언니들이 새들에게 쪼여 눈알을 잃는 판본도 존재한다고 하니, 옛사람들이 선호하는 해피엔딩 또한 악을 철저히 처벌하는 일과 동떨어진 게 아니다.

어른인 나를 불편하게 만든 건 《헨젤과 그레텔》과 같은 부류의 결말이다. 다양한 판본의 《헨젤과 그레텔》 그림책을 접하며 내게 떠오른 근본적인 의문은 '악인에 대한 적절한 처벌 없이 해피엔딩은 가능한가?'였다. 우리가 흔히 접하는 각색된 버전 아닌 그림 형제의 원본에 따르면 헨젤과 그레텔을 버린 건 친모와 친부다. 굳이 친모를 계모로 바꾸어 이야기를 전하는 방식엔 '낳은 모성'에 대한 끈질긴 편견이 작용했으리라 짐작된다. 하여간 그게 친부모든 아니든 간에 나를 진실로 불쾌하게 만드는 지점은 여러 판본에서 제 자식들을 숲에다 죽으라고 버린 것이나 다름없는 사악한 부모가 아무런 처벌도 받지 않은 채 헨젤과 그레텔이 가져온 부를 함께 누린다는 사실이다. 남매가 숲에서 재물을 들고 돌아왔을 때 새엄마는 인과응보로 이미 죽어버린 후였다는 결말도 적지는 않다. 그럼에도 비참한 과정이 생략된 계모의 죽음은 독자에게 징악의 메시지를 제대로 전달하지 못할뿐더러, 공범인 아버지가 피해자인 자식들로부터 대가 없는 자비와 사랑을 받을 자격이 있는지가 끝내 의문으로 남는다. 《헨젤과 그레텔》 이야기에서 아이들이 배워야 할 정의로운 결말은 대체 어디로 사라졌는가. 여기까지의 내 복잡한 심정과 상관없이, 아이는 저 이야기를 읽을 때마다 헨젤, 그레텔이 행복한 삶을 살게 되었다는 사실만으로도 충분히 즐거워한다. 헨젤과 그레텔의 서사에 불에 달군 쇠 구두와 눈알 파먹는 새가 없어서 맥 빠지는 기분을 느끼는 내가 있고, 아무도 고통에 울부짖지 않고 아무도 눈을 잃지 않았기에 즐거운 마음으로 책장을 덮는 어린아이가 있다. 둘 가운데 어느 쪽 엔딩이 우리를 조금 더 인간답게 만들지는 자명하지 않을까 싶다.

눈치 빠른 분들은 이쯤에서 이상한 점을 알아챘을 것이다. 《헨젤과 그레텔》에서 그레텔은 분명히 불타는 화로 안으로 마녀를 밀어넣어 '죽였다'. 그렇다면 마녀의 죽음을 보고 우리 집 아이는 어째서 울지 않았을까? 안 울긴 왜 안 울었겠는가. 그 장면에서 아이는 여지없이 울먹이기 시작했다. 나는 《잭과 콩나무》 속 거인이 죽었을 때 활용한 방법을 다시 썼다. 잭의 거인처럼, 이 마녀 또한 너무나 많은 사람을 죽였으며 그가 여기서 죽지 않으면 더 많은 아이들이 과자 집에서 죽어갈 것이라고 말해주었다. 거인과 마녀가 잡아먹은 아이들, 그리고 앞으로 잡아먹힐 아이들을 생각하면서 눈물을 좀 참아보자고 말이다. 아이가 내 말을 어떻게 이해하고 울음을 그쳤는지 정확히는 알 수 없지만, 나 스스로는 그런 식으로 아이를 달래며 어떤 복수극을 내가 싫어하는지 명확히 알게 되었다. 황금률을 따르지 않는 복수극은 불쾌하다. 목숨을 잃은 장화와 홍련은 마땅히 원

수의 목숨을 요구할 수 있으며, 사람을 수도 없이 죽인 거인과 마녀는 제 목숨으로 죗값을 치르는 게 옳다. 신데렐라의 계모와 두 언니는 아무도 죽이지 않았으므로 눈을 잃는 정도의 벌이 합당하지만 백설공주의 계모 왕비는 어쨌든 양녀를 (기적적으로 부활하기는 하지만) 한 번 죽였으므로 불에 달군 쇠 구두 형벌이 과하다고만은 할 수 없을 것이다.

위에 언급된 동화 가운데 아이가 요즘도 읽는 건 《헨젤과 그레텔》뿐이다. 우리 집에 있는 그림책의 마지막 삽화는 이렇다. 보물 꾸러미를 쥔 채 숲을 빠져나온 헨젤과 그레텔이 예전 살던 오두막 앞 나무 의자에 앉은 아버지를 보고 행복한 눈물을 흘린다. 잘못을 크게 뉘우친 아버지는 반가운 표정을 지으며 의자에서 엉거주춤 일어서는 참이다. 안타깝게도 새엄마로 각색된 친모는 죽어 사라지고 없지만, 살아남은 세 사람은 곧 서로를 부둥켜안고 재회의 기쁨을 나눌 것이다. 나는 이 장면에 이르러 항상 아이의 반응을 살피게 된다. 과하게 통쾌한 권선징악이나 복수에 대한 균형 잡힌 황금률 너머 아이가 생각하는 해피엔딩이 또, 따로 있었으면 좋겠다.

서랍 속으로 들어간
〈미드나잇 인 파리〉

잘 만든 상업 영화는 '적당히 문학적인' 코드를 장면 곳곳에 배치함으로써 스크린 앞에 앉은 대중에게 모종의 안도감을 준다. 이처럼 키치화된 영화는 관객의 귀에 이런 식으로 아첨한다. "이게 무언지 알고 있지요. 당신 참 똑똑합니다."[+] 가령 〈미드나잇 인 파리〉의 초반부 피츠제럴드와 그의 파트너 젤다의 등장 신에서 그들이 누구인지 알고 있는 관객의 탄성은 두 작가에 관해 알지 못하는 옆자리 관객을 얼마간 무안하게 한다. 최소한 그 영화가 상영되는 공간 내에서만큼은 두 미국 소설가에 관한 지식이 규범적 교양처럼 작동하게 된다. 배우 히들스

+   황현산,《밤이 선생이다》(난다, 2013)

턴이 자신이 피츠제럴드임을 밝히자 과거로 시간 여행을 온 주인공이 믿을 수 없다는 표정을 짓는 인상적인 장면에서 몇몇 관객이 유독 큰 소리로 웃고 감탄한다면 우리는 쉽게 그 이유를 짐작할 만하다. '이 영화는 교양 있다. 그걸 알아본 나도 교양 있다.'

〈미드나잇 인 파리〉의 여러 인물들과 전반부 플롯은 구시대적으로 전형적이다. 남자 주인공 길을 매혹했던 여성은 셋이다. 최초로 등장하는 길의 약혼자 이네즈는 극 중 파리 여행의 동행이다. 여행지에 도착하자마자 이 커플이 겪는 불화는 문학을 사랑하는 순박한 남성과 돈만 밝히는 관능적 여성이라는 구도 하에 격화된다. 길은 값비싼 가구와 장신구에 끌리는 이네즈를 이해하지 못하고, 이네즈는 시나리오 작가라는 본업을 제쳐두고 소설가가 되겠다는 길을 책상물림 취급한다. 사실 두 연인의 가치관이 너무나도 동떨어져 있기에 관객은 대체 그들이 무슨 생각으로 결혼까지 약속했는지 짐작하기 어렵다. 둘은 약혼했으나 사사건건 대립한다. 결국 길과의 관계가 소원

해지는 과정에서 이네즈는 다른 남자를 만나 밀회를 즐긴다.

이네즈가 예술에 무지한, 속된 현실의 현현이라면 두 번째 여성 아드리아나는 문학적 낭만성을 상징한다. 특히 이 영화가 겨냥하는 낭만성은 과거라는 시간과 연관되어 있다. 아드리아나가 지닌 19세기적인 머리띠와 파이프 담배, '너무 늦게 태어났다'며 지난 시대를 낭만화하는 태도 등은 문학의 감수성이 과거를 얼마나 편애하는지 잘 보여준다. 문학이 과거에 끌리듯, 길은 아드리아나에게 끌린다. 하지만 이 알레고리적 관계가 행복한 결말에 이르지 못하는 까닭은 21세기를 사는 길이 20세기에 매혹된 것처럼 20세기를 사는 아드리아나의 욕망은 19세기를 향하기 때문이다. 이어지는 길의 깨달음은 명료하다. 실재하는 것은 아름다운 과거가 아니라 과거에 연연하는 감수성이라는 사실. '과거를 낭만화하지 말라'는 메시지가 참신할 리는 없다. 그렇지만 〈미드나잇 인 파리〉는 시간 여행이라는 장치를 활용해 19세기,

20세기, 21세기의 파리의 풍경을 번갈아 보여주면서 관객을 낭만적 분위기에 몰입시키는 동시에, 그러한 낭만성이 현실에서 벗어나 과거로 도피하려는 방어 기제일 수 있음을 설득력 있게 그린다.

아드리아나를 19세기 벨 에포크에 빼앗기고 혼자 21세기로 돌아온 길은 약혼자 이네즈와의 관계 또한 스스로 청산한다. 이 시점에서 영화 중반 잠깐 얼굴을 비친 가브리엘이 다시 등장한다. 마지막으로 나타난 여성 가브리엘은 전적으로 문학적인 깃과 완전히 속물적인 것이 적절히 지양된 상태의 인물형이다. 가브리엘 역시 고전을 사랑하고 즐긴다. 하지만 그는 노동자로서의 소박한 삶을 성실히 영위한다는 점에서 충분히 현실적이다. 가브리엘은 감독 우디 앨런과 주인공 길이 함께 찾아낸 이상적인 연인상인 것이다. 가브리엘은 노동을 하고, 예술을 이해하고, 게다가 아름답기까지 하다. 자정이 넘은 시간, 우산도 없이 흠뻑 비를 맞은 채로 주인공에게 솔직한 호감을 표시하는 가브리엘이 너무나도 이상적으로 그려지기에, 관객들은 그와 막 연애를 시작하려는 길이 행복하리라 확신하게 된다.

전적으로 세속적인 이네즈, 전적으로 낭만적인 아드리아나, 그리고 앞선 두 사람을 적절하게 섞어 놓은 가브리엘이라는 여성들을 상징의 축으로 삼아, 〈미드나잇 인 파리〉의 남자 주인공은 삶의 균형을 잡아나간다. 이처럼 영화가 만들어둔 구도가 너무나도 명확하고 빈틈없다는 사실을 논증하기 위하여 나는 영화의 맥락을 조금은 느긋하게 짚어보았다. 하지만 내가 하려는 말은 그래서 이 완벽하게 행복한 극이 마음에 쏙 들었다는 이야기가 아니라 오히려 극이 보여주는 틈 없는 행복이야말로 이 영화를 단순한 오락거리 이상으로 고양시키지 못하게 하는 원인이라는 이야기이다. 성공하려면 일찍 일어나라, 자신감 있는 태도를 가져라, 인간관계를 잘 유지하라! 이렇듯 다 아는 말을 새삼스레 전달하는 자기개발서처럼, 너무나도 잘 짜인 판타지인 〈미드나잇 인 파리〉는 관객이 영위하는 삶의 이런저런 특수성과는 별다른 접점을 이루지 못한다. 이 영화 속에는 새로운 이야기도 낯선 감수성도 없다. 감독은 우리가 알던 문학과 교훈과 코미디를 잘 반복해서 보여준다.

이야기의 한복판에 위치한 남자 주인공이 과거에 대한 낭만적 감수성을 벗어버리는 동안, 그의 주변인 이네즈와 아드리아나, 가브리엘은 내면적으로 거의 아무런 변화를 겪지 않는다. 그들은 마네킹이거나, 마네킹처럼 움직이지 않는 기준선에 가깝다. 앎은 전적으로 길의 몫이다. 이처럼 길이라는 '중심'이 영화 속 다른 인물들을 주변부로 밀어냄으로써 영화를 역동적인 현실이 아닌 완벽한 헛것으로 구성해내고 마는 탓에 관객 또한 영화가 끝나는 즉시 아무런 부담 없이 자기들의 일상으로 밀리듯 되돌아간다. 두 번 읽히지 않는 심심한 교양서처럼, 언젠가 구입한 〈미드나잇 인 파리〉 DVD는 내 어두운 서랍 속에서 꺼내진 적이 없다.

화 권하는
사회

〈성난 사람들〉(Beef)은 슬랩스틱 코미디의 틀을 가지고 사뭇 진지한 주제를 다루는 드라마다. 주차장에서의 사소한 시비 끝에 '죽도록' 상대방을 증오하게 된 대니와 에이미는, 서로의 존재를 계기 삼아 오랜 기간 묵혀둔 분노를 표출하기 시작한다. 자살 충동과 자기혐오에 시달리는 가난한 수리공 대니, 불우한 유년을 거쳐 이제는 자수성가한 사업가 에이미의 감정적 충돌은, 다시 말하지만 앞으로 일어날 사건들의 기폭제였을지언정 근본적인 문제는 전혀 아니었다. 그들은 울고 싶은 서로의 뺨을 때려주었을 뿐이다. 상류층에 안착한 후에도 에이미는 지인들은 물론 남편과도 진실한 관계를 맺지 못한다. 그는 인간적인 자기 욕망을 억압하는 방식을 통하여 주변과 사회가

요구하는 교양 있는 삶을 아슬아슬하게 지탱해나간
다. 조금 돌려 말하긴 했으나 결국 에이미가 하지 못
하는 일들은 단순하다. 마음껏 놀기, 먹기, 사랑하기
그리고 화가 날 때 화를 내기. 밑바닥 인생이라고 불
러도 좋을 대니 역시 자신과 주변을 기만하며 살아
가기는 마찬가지다. 그는 재능 있는 동생의 대학 진
학을 방해하고, 사촌형을 감옥에 보내 재산을 빼앗
고, 자기 실수와 무능을 감추기 위해 가차 없이 남을
모함한다.

두려워하는 대상이 명확하고 구체적일 때 나타
나는 감정을 '공포'로, 미래의 불확실성이 촉발하는
혹은 특정한 대상 없이도 발생하는 두려움을 '불안'
으로 보는 일반적 분류를 생각해보자. 에이미와 대니
의 분노는 서로의 존재를 동력으로 삼고 있다는 점
에서 공포와 얼마간 유사하나, 대상이 제거되더라도
해소될 수 없는 감정이라는 점에서 불안과 비슷한
측면도 있다. 이처럼 기묘하게 왜곡된 분노와 슬픔에
관해서는 한국인에게 익숙한 '한'을 떠올릴 수도 있

겠다. 하지만 울분이 쌓이고 쌓이다 못해 한과 같은 정서가 되어버리기 이전에, 대니와 에이미는 서로를 만났으며, 그렇게 서로의 트리거를 당겼으며, 한이라고 부르기엔 너무나도 요란하게 각자의 감정을 표출하기 시작했던 것이다. 결과적으로 두 인물의 분노는 점차 확산하며 자기 파괴적인 성격을 띠게 된다.

　　드라마의 결말은 간신히 해피엔딩이다. 줄거리를 상세히 적어두기는 어렵지만, 불행한 엔딩이 불편한 나로서는 어찌되었든 다행이었다. 그럼에도 저 모범적이고 어느 정도는 도덕적인 결말에 만족한 것은 또 아니었다. 주체가 부정적인 자기감정을 솔직히 표출하고, 그렇게 야기된 문제들과 차라리 능동적으로 대면함으로써 사태를 해결하는 방법은 지금 시대가 요구하는 미덕이기도 하다. 가령 대니와 에이미의 분노가 끝내 억눌려 있다가, 마치 한처럼, 판소리나 시 쓰기 등의 예술형식으로 승화 혹은 우회되는 결말을 대체 어느 젊은이가 좋아한단 말인가? 내가 보기에도 취약성을 감춘 채 끙끙 앓기보다는 차라리 그것을 드러냄으로써 주체가 사태 안으로 뛰어드는 편이 문제 해결에 도움이 된다. 그럼에도 누구나 이 시대의 빠른 속도를 누리면서도 동시에 모두가 그 속도에 시달리는 것처럼, 감정의 취약성이란 폭로와 표출을 통해 극복된다는, 그러므로 마땅히 더 많은 감정이 말해져야 옳다는 신념에 종종 피로를 느끼지 않는다면 그것도 거짓일 것이다.

〈성난 사람들〉의 결말에서 에이미와 대니가 느끼는 동질감은 서로를 향하여 거침없이 분노를 토해낸 자들끼리의 동지애 같은 것이다. 그들은 상대를 흡사 자아의 거울상처럼 마주보았기에 서로를 혐오하는 순간에도 언제나 자기혐오라는 동질감으로 묶여 있었으며, 각자의 자리에서 자아와의 전투를 수행하는 짝패 혹은 전우나 마찬가지였다. 게다가 자기파괴적인 전투를 치른 것치고 그들은 운이 좋았다. 그들은 몇 번의 행운이 겹쳐 자신도 타인도 죽이지 않았고 서로가 서로의 반영이라는 점까지 인식하게 된다. 그럼에도 다시 강조하건대 그들은 정말로 운이 좋았던 것이다. 앞서 〈성난 사람들〉이 슬랩스틱 코미디의 형식으로 진행된다고 말한 이유도 이처럼 드라마 속 주인공들이 지나치게 운이 좋다는 사실과 연관되어 있다. 그들이 서로를 증오하는 가운데 벌어지는 일련의 사건들은 하나같이 극단적인 양상으로 치달으면서도 비극의 극단 바로 코앞에서 아슬아슬하게 발을 멈춘다. 합이 잘 맞는 두 명의 코미디언이 완벽한 동선과 동작으로 과장된 싸움을 이끌어가듯, 결과적으로 대니와 에이미에게 들이닥친 재앙들은 그들에게 동질감을 부여하는 기능을 완수하고 무대 밖으로 퇴장한다. 그렇지만 현실에서는 어떨까? 현대인이 참지 않으려는 것은 분노만이 아니다. 다 아는바 인내와 감춤이 미덕이던 시대는 한참 전이다. 누구나 솔직한 사람을 좋아한다. 그래서 우리는 돈에 대해, 성에 대해, 선뜻 말하기 부끄러운 자기 내면과 조응하는 어떤 천박한 인격에 대해, 어쩌면 배설물과 싸구려 문화에 대해서도 종종 솔직하기를 요구받는다. 그러한 것에 끌리는 성향을 비도덕적인 것이 아닌 인간적인 무엇으로 인정하고, 모두가 볼 수 있게

당장 고개를 끄덕이라고 말이다.

방금 조금 비꼬며 말하고 말았다. 종종 스스로 멍청이가 된 기분이 들어서 그랬을 것이다. 어릴 적부터 남 앞에서 기분과 감정의 표출을 자제하라고 교육받았고 그걸 예의라고 배웠다. 그것만이 아니다. 사실 나는 다른 사람이 보는 자리에 나서면 식욕마저 억제한다. 아니 자연스럽게 억제된다고 해도 좋다. 아내와 단둘이 먹을 때에 비하면 1/3만큼도 못 먹으니 사정을 모르는 사람은 다들 내가 소식한다고 알고 있다. 나는 집으로 돌아와 파스타 면을 산처럼 쌓아놓고 허겁지겁 목구멍으로는 넘기며 아까 그 맛있는 음식들을 더 먹고 오지 못한 걸 후회한다. 매번 똑같다. 그렇지만 솔직함과 거리가 먼, 그러한 은폐가 여태 나를 잘 지켜주었다고 생각하고 있다. 나에겐 인내와 숨김이 나를 인간적인 인간으로 살게 해온 무엇이었다. 어차피 내 분노에 합을 맞추어줄 에이미가 현실에 존재할 리도 없다.

특별한 사람이고 싶다는
생각

나를 작가로 만든 정서적인 원동력은 돈에 대
한 혐오와 그 혐오만큼이나 강렬한 동경이었다. 대
부분의 정서가 현실의 조건─육체라는 조건을 포함
한─을 따라 형성되는 탓에 돈을 대하는 저 양가적
인 정서는 궁핍한 유년 시절을 거쳐온 이들에게 드
물지 않은 것이리라. 내 일곱 살 아들이 자기만의 간
식 통을 가지고 입이 심심할 때마다 거기서 초콜릿
이나 비스킷 등을 쏙쏙 빼먹는 일은 내가 어릴 적에
드라마에서나 보던 장면이었다. 냉장고를 열면 나만
을 위한 저지방 우유가 진열돼 있고, 가고 싶은 곳이
있으면 엄마를 조르고, 먹고 싶은 음식이 생기면 아
빠에게 부탁하는 일이 어떤 아이들에겐 여전히 손에
잡히지 않는 일상일 것이다. 하지만 그러한 일상으로

가는 문턱이 몇십 년 전에 비해 낮아졌다는 사실을 부인하기는 어렵다. 40년 전의 나에게 그 문턱은 모종의 이유로 더욱 높고 혐오스러운 것이었다.

초등학교 입학 후부터 드라마틱하게 가난해지기 시작한 우리 집을 보면서 나는 자본이 얼마나 무섭고 경이로운 것인지 일찌감치 깨달았다. 여섯 살 내가 유치원 입학하기 직전에 할아버지는 가정부를 내보냈고, 연희동 이층집에서 응암동 단층집으로 거주지를 옮겼다. 어머니는 임신 중에 아버지와 이혼하고 줄곧 본가에서 지내고 있었기 때문에 할아버지와 할머니 사는 곳이 곧 내가 사는 집이었고 그들의 생활수준은 곧 나의 생활수준이었다. 학창시절엔 벌교 땅 전부가 당신 앞마당 같았다는 어머니만큼은 아니겠지만, 어린 나에게도 돈 나올 곳 없는 삶이란 그저 못 먹고 못 입는 상황을 훨씬 초과하는 의미였다. 폭력적이거나 옹졸하거나 충동적인 우리 가족을 본래보다는 더 나은 사람처럼, 아니 특별한 사람처럼 보이게 만들어준 건 돈이었다. 그리고 어렴풋 느꼈던 바 범

상하기 그지없는 어느 인간을 특별하게 만들어줄 만큼의 돈을 획득하는 건 천운의 영역이었다. 패배주의자였기 때문일까? 내가 할아버지 정도로 부를 축적할 수 있으리라고는 아무래도 상상하기 어려웠다.

　　돈에 대한 혐오와 회피는 내 선택에 의한 정서였다. 나는 돈에 대한 욕망이 거세―완전한 거세가 불가능함에도 불구하고―되기를 원하였고, 한 달에 백을 버나 오백 버나 그게 무슨 차이가 있느냐는 식으로 자본의 가치 혹은 차이를 애써 무시하려 했다. 그렇게 비뚤어진 나에게 있어서 작가 되기, 특히 돈도 안 되는 시를 쓰는 시인 되기야말로 대단히 명분 있는 도피처였다. 돈을 모아서 특별한 사람이 될 수 있으리라는 망상에 비하면 시를 써서 특별한 사람이 되어보겠다는 망상은 그나마 눈앞에 어른거리는 무엇이었다. 대학교 시절 우연히 들어간 소설 창작 시간에 들은 선생님과 친구들의 사소한 칭찬 몇 마디를 집에 돌아와 누워서도 끈질기게 되뇌며, 결국은 평생 다른 일은 다 싫고 시만 쓰고 살겠다고 결심해

버린 데에는 그런 이유가 있었다. 내가 돈에 연연하지 않는 건 시인이기 때문이지, 글을 쓰는 게 돈을 버는 것보다 가치 있는 일이기 때문이야. 그런 식의 궁색한 기만이 내게는 필요했다. 그럼에도 시 쓰기는 내가 손에 쥐고 싶었던 가장 특별한 빛이었다.

영화 〈맨 오브 스틸〉은 감동적인 드라마보다는 화려한 액션으로 주목받은 작품이다. 감독을 맡은 잭 스나이더의 성향도 그렇고 애초 '슈퍼맨' 이야기에서 감동을 기대한 관객은 많지 않았을 것이다. 호불호가 갈리는 영화지만 결말쯤에 놓인 상징적인 장면 하나는 잊히질 않는다. 지구의 위협을 성공적으로 제거한 클라크 켄트(슈퍼맨)는, 지구로 보내진 외계인 갓난아이였던 자신을 키워준 양아버지, 조나단 켄트의 묘지 앞에 서 있다. 조나단은 아들의 비범한—그럼에도 오랫동안 슈퍼맨 자신조차 제대로 제어할 수 없었던 —능력을 비밀로 남겨두려 노력하는 과정에서 자기 목숨을 기꺼이 희생했던 것이다. 이때 묘지 앞에 선 클라크를 비추던 화면이 문득 짧은 회상 신(scene)으로 전환된다. 거기에는 저물녘에 농장 일을 하는 젊은 켄트 부부가 있고, 열 살이 채 안 되어 보이는 어린 클라크-슈퍼맨이 농장 언덕을 뛰어다니는 모습이 담긴다. 이때에도 클라크는 빨간 천을 제 어깨에 어설프게 두르고 놀고 있는데, 이는 당연히 그가 앞으로 어떤 사람이 될지를 드러내는 장치다. 나의 시선과 마음을 사로잡은 것은 저 빨간 망토라는 상징이 아니라, 빨간 망토의 어린 클라크를 하염없이 바라보던, 양아버지 조나단 켄트의 표정이었다. 얼굴 여기저기에 기름때를 묻히며 트랙터를 수리 중인 조나단은 누가 보더라도 지극히 평범한 삶을 살아온 남자다. 그가 일손을 멈추고 언덕 위에서 노는 아들을 올려다보는 순간 카메라는 눈부신 석양과 어린 슈퍼맨을 겹쳐두는 방식으로 장면을 구성한다. 이처럼 클라크가 슈퍼맨이기 되기 훨씬 전부터, 조나단에게 아들 클라크는 눈부시게 빛나는 보물이었다.

위 마지막 문장을 내 의도를 강조해 다시 써보자. '평범하게' 살아온 조나단에게, '우주선을 타고 도착한' 아들 클라크는 눈부시게 빛나는 보물이었다. 혹자는 양아버지 조나단이 아들의 비밀을 지키려 자기 목숨을 버리는 장면에 개연성이 부족하다고 평한다. 그럴 수도 있고 아닐 수도 있다. 내가 보기에 조나단은 클라크라는 저 특별하고 사랑스러운 빛을 어떻게든 지켜야 했을 것이다. 어떤 빛은 사소한 계기로 어느 평범한 인간을 매혹하기도 한다. 그리고 그 사소하지만 소중한 빛이, 그의 삶 속에서 가장 중요한 가치로 승인되는 사건은 얼마든지 가능하다.

자식 사랑하는
마음

엄마가 자식을 생각하는 마음이란 다 비슷비슷한 것일까? 아내에게 물어보니 그렇지 않겠느냐고 한다. 예상과는 다른 대답이라 놀라는 중에 아내가 별것 아니라는 듯 말을 덧붙였다. 아닐 수도 있고. 갑자기 그런 이야기를 꺼내느냐는 그의 표정 앞에서 나도 질문을 부연해보았다. 사랑의 크기랄까, 자식 아끼는 정도를 1부터 10까지라고 표시하면, 각자 표현하는 법은 다르더라도 엄마들 대부분이 8에서 10 정도로 아이를 사랑하는 걸까? 그리 묻고 나니 굳이 그렇게까지 물어볼 일인가 싶고, 아내라고 그걸 어찌 알겠나 싶기도 해서 슬쩍 화제를 돌렸던 기억이 난다. 10분짜리 애니메이션 〈혹시 내게 무슨 일이 생기면〉(If anything happens I love you)을 혼자 보고 나서 떠오른 생각을 옆 사람에게 마구잡이로 던져본 것이었는데, 교내 총기난사 사건으로 딸을 잃은 부모에 관한 영화였으므로 나의 질문 자체가 스스로에게도 조금은 엉뚱하게 느껴졌다.

당시 내 감정을 건드린 건 딸을 잃은 아버지의 태도였다. 더 정확히 말하면 자식 잃은 어머니의 심정과 아버지의 심정을 정확히 동일한 수준에서 표현하고 있는 애니메이션의 구성이 나를 건드렸다. 물론 이런 감정은 편견의 산물이다. 자식의 죽음 앞에서 아버지 편이 덜 슬퍼해야 할 까닭이 없다는 걸 알면서도, 아이가 빠진 식탁에, 아이 없는 침대 위에, 부모가 똑같이 앉아서 똑같은 상실감을 느끼는 저 정직한 장면을 나는 잠시 생경하게 바라보았던 것이다. 사실 어머니라고 해서 모두가 8에서 10 정도로 자식을 사랑하고 그에 비해 사랑이 적은 아버지는 1에서 5 사이로 마음을 주는 게 일반적이고, 그럴 리가 있겠는가. 하나의 마음도 못 가진 어머니도 있겠고 열보다 넘치는 마음으로 사는 아버지가 존재하지 않을 리도 없다.

어머니라는 역할에 희생과 순종의 이미지를 덧씌워온 기왕의 이데올로기에 대한 비판은 차고 넘치지만 활발한 논의만큼 사회 일반의 인식이 개선되었는지를 눈으로 확인하기는 쉽지 않다. 가령 차별금지법이 통과되지 못하는 이유는 차별에 대해 논의해온 세월이 부족해서가 아니다. 반대의견에도 귀 기울일만한 면이 없지 않겠으나, 성소수자를 차별하면 안 된다는 이야기에 그럼 동성애자를 양산하자는 말이냐고 받아치는 주변 이웃들이 얼마나 감소했는지는 잘 모르겠다. (바뀐 것이 있다면 예전에는 이웃이 하는 그런 이야기를 교회에서 들었고 요즘은 페이스북으로 읽게 된다는 점이다.) 간신히 잘난 척은 하고 있지만 나라고 크게 다르겠는가. 호흡하듯 편견과 혐오를 공유하는 아뜩한 현실 속에서 제정신을 유지하고 살아가기란 얼마나 어려운지. 부성애에 대한 질문은 아예 제쳐놓고 어머니의 사랑만을 콕 짚어서 화제 삼았던 그날의 나에게 아내 역시 현기증을 느꼈을지 모른다.

그런데 현기증을 불러일으키는 쪽이 반드시 차별주의자 혹은 혐오주의자 들만은 아니다. 고등학교 시절에 이런 괴담이 있었다. 2차 세계대전 당시 일본군이 포로에게 자행한 생체실험 가운데 모성애에 대한 실험도 있었는데 그중 하나가 몇백 도가 넘는 철판 위에 어머니와 갓난아이를 올려두고 관찰하는 것이었다고 한다. 이때 어머니 가운데 열에 아홉은 뜨거움을 견디지 못해 자기 아이를 발바닥에 깔고 선다는 게 괴담의 내용이었다. 나를 충격에 빠뜨린 건 진실인지 아닌지도 모를 그 일화의 잔혹함 자체가 아니라, 특히 모성애라는 신화를 깨뜨리기 위하여 어찌되었든 그토록 극단적인 상황을 그려낸 누군가의 머릿속이었다. 모성을 올려치기 위해 자식 대신 죽어간 어머니 이야기를 꺼내는 일만큼이나 모성을 깎아내리겠다고 자식을 죽인 어머니의 사례를 드는 것도 천박하기는 마찬가지다. 매번 (자)극적인 이야기를 경유해서만 자기 뜻을 관철하려는 태도는 진지한 사유에 대한 거부일 뿐이다. 호모사피엔스('생각하는 인간')를 자처하는 우리에게 있어 사유하기의 거부는 모든 인간적인 것에 대한 거부이자 혐오이기도 하다.

사랑의 크기란 사람을 태워 죽이는 잔인한 실험실에서 증명되지 못한다. 사랑의 증명에 기여하는 것은, 엄마의 사랑은 희생적이고 아빠의 사랑은 대승적이라는 알량한 이분법도, 부모의 목숨이 먼저인지 아이 목숨이 먼저인지를 선택하라는 이지선다형 질문지도 아니다. 인생의 99%를 실험실도 전쟁터도 아닌 일상 속에서 살아가야 하는 평범한 부모들이 진짜 답하기 어려운 질문이란 아이를 위하여 기꺼이 목숨도 버릴 수 있는지와 같은 물음이 아니다. 식탁 건너편에 앉은 아이가 말을 걸어올 때 당신은 스마트폰 대신 아이 얼굴을 쳐다보며 이야기를 나누어줄 수 있는가? 평소보다 두 시간 일찍 일어나 질문 세례를 퍼붓는 아이를, 혹은 공공장소에서 울음이 터진 아이를 괜히 다그치지 않을 수 있는가? 새로 산 니트 위에 실수로 토마토소스를 쏟은 아이에게, 유치원 버스 타러 아파트단지 정문까지 나왔는데 대변보겠다고 돌아서는 아이에게 화내지 않을 수 있는가? 어쩌면 당신의 경력을 말 그대로 말아먹은 육아의 보상이 결국은 한때 아이의 미소와 성장뿐이라는 사실을 순순히 받아들일 수 있는가? 부모의 사랑에 관하여 우리가 받는 가장 어려운 질문이란 실은 이런 것들이다.

실제 교내 총기난사 사건을 모티브로 만들어진 〈혹시 내게 무슨 일이 생기면〉은 딸의 죽음이라는 극단적 상황에서 이야기를 시작하지만, 결말은 일상을 살아가 보기로 마음먹는 부모를 비추는 게 전부다. 애니메이션이 보여주는 화해는 심심하며 사건의 참혹함은 생략되어 있다. 그럼에도 나는 이 영화의 평범한 엔딩이, 비극적인 실화로부터 감독이 가장 멀리 도달할 수 있었던, 그나마 덜 불행한 도착지라고 생각한다. 아이 잃은 부모에게 죽음은 오히려 쉬운 선택지였으리라. 엔딩에서 서로의 손을 잡은 채, 죽음 아닌 삶을 선택하기로, 일상 속에서 아이를 기억하기로 결심한 저 부모가 더 증명해야 하는 것이란 아무것도 없다.

돈과
공동체

토요일 아침 9시마다 어린이 축구교실에 아이를 데려다준다. 대기실에 앉아 CCTV로 또래 애들 예닐곱이 공을 쫓아 우르르 몰려다니는 모습을 들여다보고 있노라면 격세지감이 느껴진다. 아이들을 비추는 선명한 화질의 모니터 때문도, 차량 번호만 입력하면 알아서 주차요금을 정산해주는 태블릿 피시 때문도 아니다. 축구교실이라는 공간의 어떤 '틈 없음'이 내겐 놀라웠다. 처음 그곳을 다니며 내가 염려한 건 수업을 마친 아이가 과연 집으로 순순히 돌아올지 여부였다. 60분 수업을 기다리는 일은 일도 아니다. 문제는 그다음이었다. 아이가 친구들과 마음이 맞아 한두 시간을 더 놀겠다고 버티면 어쩌나, 혹 누구랑 유독 친해져서 그쪽 부모와 내가 함께 점심을 먹으러 나가야 하는 사태가 생기면 어쩌나 싶어서 조마조마하지 않을 수 없었다. 하지만 그런 일이 생기기엔 부모도 아이도 틈이 없었다. 9시 클래스가 끝나기 20여 분 전부터 10시 클래스 아이들이 하나둘 좁은 대기실을 채우기 시작했고, 앉을 자리가 모자라 어정쩡하게 서서 대기실 밖을 지키는 부모도 적지 않았다. 부모와 동행하지 않은 애들도 있었는데 축구교실이 운영하는 차량 시간에 맞추려면 클래스가 끝나자마자 그들도 쉴 틈 없이 움직여야 했다.

나 어릴 적에는 그곳이 운동을 배우는 체육관이든 공부시키는 학원이든 아이들 모인 곳이 돌아가는 모습은 지금과 많이 달랐다. 부모들은 원장에게 돈을 주고, 어느 정도는 제 아이를 그곳에 아예 '맡겼다'. 학원은 무언가를 배우는 곳이면서도 아이들이 점유해 사용할 수 있는 저네들만의 공간이기도 했다. 그래서 수업을 시작하는 시간은 정해져 있었지만 애들이 학원을 찾고 떠나는 시간은 일정하지 않았다. 벌써 몇십 년 전 풍경이라 무슨 조선시대 이야기를 꺼

내는 것 같아 민망하지만 초등학교 시절 내가 다니
던 학원은 말 그대로 '우리 것'이었다. 빈 교실은 물
론이고 대형 프린터와 팩스, 그리고 작은 냉장고가
비치된 원장실마저 원하면 마음껏 드나들 수 있었다.
냉장고에서 음료수를 빼먹는 데는 선생님 허락을 받
아내는 용기와 순발력이 필요하긴 했다. 그럼에도 일
단 학원비를 냈다는 이유만으로 아이들은 그 공간만
큼은 온전히 자기 것으로 여겨도 좋았다. 우리는 아
무 곳에나 앉아 거길 점령한 채 수다를 떨었고 과자
를 꺼내 먹었으므로 3시에 시작하는 수학반 아이가
6시에 시작하는 영어반 아이와 빈 강의실에서 만나
노는 일도 드물지 않았다.

붉은 고기를 굽고 자르는 장면이 자주 나오는
것만 빼면 거의 모든 게 좋았던 미국 드라마 〈더 베
어〉는 전국에서 알아주는 천재 요리사가 화려한 생
활을 뒤로하고 고향으로 돌아와 죽은 형이 운영하던
식당을 살리려 고군분투하는 이야기로 요약할 수 있
다. 주연을 맡은 제러미 앨런 화이트의 매력적인 타

투와 얼굴은 말할 것도 없고, 실패와 실수로 점철된 주변 인물들의 삶이 별다른 미화 없이도 각자 개성적인 드라마를 만들어내는 점, 아니 그 이전에, 첫 화부터 시청자가 눈과 귀를 돌릴 수 없게 만드는 속도감 넘치는 화면 편집과 이야기 구성을 지닌 이 시리즈는, 다소 허무하게 느껴지는 결말에도 불구하고, 2022년에 내가 만난 최고의 볼거리였다. 방금 허무하다고 말하기는 했어도 〈더 베어〉의 결말이 마냥 불만족스러운 건 아니었다. 모든 이가 커다란 테이블에 둘러앉아 음식을 나누는 마지막 신이 결정적으로 강조하는바, 드라마는 소박한 선의와 끈질긴 인연을 통해 유지되는 공동체를 시종일관 긍정적으로 그린다. 물론 그 공동체는 모두가 모두를 기꺼이 돕고 사랑하는 방식으로 묘사되지 않는다. 식당을 중심으로 하는 공동체는 당연히 '돈'에 의하여 돌아간다. 극 중 거의 모든 갈등의 근본적인 원인은 돈이라고 말할 수 있으며, 각각의 인물이 돈의 문제를 풀어나가는 방식이 판이하기에 갈등의 골은 더욱 깊어진다. 〈더 베어〉는 공동체 유지에 돈 따위는 중요하지 않다고 말하는 것이 아니다. 저 드라마는 돈만으로는 돌아가지 않는 것이 또한 공동체라는 사실을 명확히 이해하고 있을 뿐이다. 그래서 드라마의 결말은, 모두가 음식을 나누는 식탁이라는 공동체의 상징과 함께, 돈의 중요성을 동시에 강조하는 다소 판타지적인 서사를 결합해둔다.

내가 초등학교 6학년부터 2년 넘게 다녔던 어느 보습학원―당시엔 보습학원이란 말도 없었던 걸로 기억하지만―에서 겪은 일이다. 중학교 입학 직후였다. 집안 사정으로 한 달만 학원을 쉬게 되었다고 원장에게 말한 뒤 집으로 돌아왔는데 잘 시간이 다 되어 초인종이 울렸다. 나랑 잘 놀아주던 수학선생님이 찾아와 혹시 돈 때문이면 이번 달은 학원비 없이 그냥 나와도 된다고 했다. 사실 돈이 없어서가 맞았지만 어머니가 나서서 다른 이유라고 대충 둘러댔던 것으로 기억한다. 동네에서 막 자리를 잡아가는 학원이 그나마 학교 성적을 괜찮게 유지하던 아이 하나를 잃는 것보다는 한 달 학원비 정도를 손해 보는 편이 낫다고 판단했을 수도 있다. 하지만 결국은 손익을 계산하고 마는 얄팍한 장삿속일지언정 굳이 그런 번거로운 방식으로 장삿속을 챙기는 학원이 요즘에 있을까 싶다. 가난한 신발이 어지럽게 놓인 아파트 현관에 서서 그 수학선생님이 말한 건 돈이 상관없다는 이야기가 아니었다. 아마도 그때의 그는 우리 학원이 돈만으로 돌아가는 것은 아니라고 다정하게 말해준 것이리라. 다음 달에 내가 다시 학원으로 돌아가 나중에 그 동네를 떠나면서 학원을 그만두기 전까지, 그곳은 한 번도 '우리 공간'이 아닌 적이 없었다.

시종일관
해피엔딩

개천에서 용 나는 이야기에 우리가 싫증을 느끼게 된 건 언제부터일까. 기업가, 운동선수, 가수나 배우 들이 쇼프로그램에 나와 어릴 적 자기가 얼마나 어렵게 살았는지를 털어놓던 시대는 지나간 듯하다. 이제 대중이 그들로부터 듣고 싶어 하는 이야기는 어려서 부모님을 여의고 동생 여럿을 혼자 키웠다는 구구절절한 사연이 아니라, 본래 집안도 좋고 공부도 곧잘 해서 유학길에 오를 생각이었다는 식의 흠 없고 화려한 서사다. 우리 시대의 영웅은 자수성가로 삶의 밑바닥부터 기어올라온 탓에 겸손하면서도 어딘지 독해 보이는 그런 인물이 아니다. 사람들의 마음을 사로잡는 건 넉넉한 부모 밑에서 구김살 없이 자랐기에 어디서나 당당한 태도와 눈빛이다.

2010년대 이후 일본 라이트노벨과 이를 원작 삼는 애니메이션들이 말 그대로 쏟아내고 있는, 소위 '이세계물(異世界物)'만큼 지금 대중의 욕망과 좌절을 적절히 반영하는 장르가 또 있을까 싶다. 이전 글을 통해 '죽었다 살아났더니 다른 세계로 왔습니다' 류의 서사라고 짧게 언급한 적이 있으나 이리 간략한 요약만 봐서는 이세계물에 대한 폭발적인 호응을 이해하기 어렵다. 이세계물이 내세우는 건 단순히 '다른 세계'가 아니다. 이 장르의 작품들은 공통적으로, 죽음과 환생이라는 극적인 사건을 거쳐 이세계(다른 세계)에 도착한 어떤 인물이 환생 이전의 모든 기억과 새롭게 얻은 전지전능한 능력으로 이야기를 이끌어가는 구성을 취한다. 즉, '전생 혹은 환생'과 이를 계기로 주인공에게 주어진 '압도적인 조건'이라는 설정이 이세계물의 현재 인기를 떠받치는 두 가지 축이다.

　　죽음-환생 코드는 라노벨이든 애니메이션이든 대개 극의 도입부에서 활용하는 설정이다. 먼저 쓰는 사람 입장에서 보면 주인공을 죽인 후에 그를 아예 '다른 세계'로 데려와 영웅서사를 만드는 편이 이야기를 짜는 데 훨씬 유리하다. 중세를 배경으로 삼거나 대체 역사를 활용하려는 작가는 어찌되었든 현실 고증에 어느 정도 노력을 기울여야 할 테지만 이세계를 무대로 삼는 경우라면 작품 내부의 일관성 정도만 신경 쓰면 된다. 그렇지만 죽음-환생 서사가 이세계물을 진짜 이세계물로 만들어주는 장르 문법으로까지 자리잡은 까닭은 대중이 그러한 설정에 전적으로 동의하고 이를 소비해서이다. 특출한 재능도 가진 것도 없는 현실 속 인물이 성공과 행복을 손에 쥐게 되는 건 그가 죽어서야 가능한 일이라는 냉소는, 후기자본주의가 걷어차 버린 계급상승의 사다리로부터 미끄러진 이들이 엇비슷하게 품고 있는 보편 감정 같은 것이다. 죽은 후에 다른 세계의 부자로 태어나는 일보다, 가난하게 태어난 이가 현생에서 부유한 삶을 누리는 일이 오히려 더한 판타지로 느껴지는 건 이상한 일이 아니다.

전생에서 억울하게 살다 이세계로 환생한 주인공이 마땅히 받아야 할 보상은 전능한 능력이다. 그가 설령 가난한 집 자식으로 태어났더라도 이제 그러한 조건은 전혀 문제가 되지 않는다. 갓난아이인 자신을 내려다보는 낯선 부모를 쳐다보며 이세계에서의 미래를 궁리할 만큼 그는 앞으로 닥칠 거의 모든 위기에 대비되어 있다. 현대문명에 대한 단편적인 지식과 경험을 지닌 것만으로도 그는 그가 존재하는 세계 안에서 무시할 수 없는 존재감을 드러내며, 지난 삶의 보상으로 안겨진 재능으로 인하여 그는 보통 대여섯 살이 되기 전부터 남들과는 전혀 다른 인생을 살아간다. 하지만 라노벨과 애니메이션의 독자는 이미 알고 있는바 실상 그의 내면은 텍스트 바깥에 존재하는 '우리'와 크게 다르지 않다. 정도의 차이는 있을지언정 그는 독자인 우리처럼 한때 평범한 실패자였다. 그래서 주인공은 여러 압도적인 조건을 지녔으면서도 정말 우리처럼 어리숙하고 딱 우리처럼 고민한다. 이세계물의 문법을 빌려 말해보자면, 가령 지금 대중이 감정을 이입하는 인물은 대단한 재벌집에서 태어나 세상 부러운 것 없이 자라온, 그러니까 평범한 우리들의 경험과 동떨어져 있는 그런 막내아들이 아니다. 재벌가 막내로 태어났더라도 꼭 우리처럼 사고하고 감정을 표현하는, 한마디로 죽었다 살아난 그런 막내아들이다.

과거로 돌아가 무얼 하고 싶은지 물으면 열에 아홉은 비트코인을 사겠다고 답하리라. 실제로 나 자신이 그렇게 천박하고, 내가 아는 거의 모든 사람이 그렇게 산다. 그런데 시간을 돌릴 수 있다면 무엇보다 삼풍백화점과 성수대교 붕괴, 세월호 참사부터 막겠다는 사람이 있더라는 얘기를 전해 듣고 내가 얼마나 놀라고 부끄러웠는지 모른다. 근래 애용하는 애니메이션 OTT 서비스 '라프텔'의 최근 시청목록이 이세계물로 가득한 걸 보면서, 별다른 위기 없이 행복한 엔딩을 향하여 시종일관 달려가는 판타지에 내가 얼마나 미쳐 있는지도 새삼 깨닫는다. 어디서 누구 만나면 글 쓰며 산다고 떠벌리는 나의 상상력이 고작 이렇다.

죽음에 관한
덜 나쁜 엔딩

프로이트가 상실의 감정을 애도와 멜랑콜리(우울)로 구분했다는 사실은 널리 알려져 있다. 애도란 우리가 흔히 아는, 상실에 대한 반응으로서의 슬픔을 일컫는다. 사랑하는 사람이 죽거나 자신이 믿던 이상적 가치가 소멸하였을 때 인간은 낙담하고 고통스러워한다. 그는 삶이 얼마나 공허한지 뼈저리게 실감하면서 심지어 세계나 타자와의 관계를 단절하기도 한다. 프로이트는 이러한 애도의 감정을 리비도의 부유로 설명하였다. 어떤 대상에 집중되었던 욕망과 에너지(리비도)가 그 대상이 사라지자 어디에도 정착하지 못하고 떠돌게 되면서 주체는 살아갈 의욕과 목적을 잃는다. 여기까지만 보면 증상의 측면에서 애도는 멜랑콜리와 구별되지 않는다. 둘의 행태가 서로 다르게 드러나기 위해서는 상실이라는 사건 이후 얼마간의 시간이 흘러야 한다.

 길고 긴 애도의 과정을 통과하는 자가 듣는 목소리는 이렇다. '네가 사랑하는 대상은 이제 존재하지 않는다. 슬프지만 돌이킬 수 없는 일이다. 어찌 되었든 너는 계속 살아야 한다.' 어느 시점부터 상실을 경험한 주체는 점차 자신과 주변을 돌아본다. 그는 자신을 떠난 대상 외에도 자기가 감당해야 할 현실이 눈앞에 존재한다는 것을 인정하게 된다. 현실로 돌아가라는 애도의 목소리에 순응하는 일은 한때 사랑했던 대상에 대한 배신도, 그것에 대한 추억의 전적인 폐기도 아니라는 사실을, 시간이 흐를수록 그는 그 자신에게 설득시킬 수 있다. 이제 그의 리비도는 죽은 대상―혹은 그에게는 죽은 것이나 다름없는 무엇―으로부터 잘 회수되어 또 다른 대상으로 옮겨갈 가능성을 획득한다. 하지만 멜랑콜리커가 듣는 목소리는 전혀 다르다. 특히 그에게 있어 가장 끔찍하고 견디기 힘든 목소리는 이것일 것이다. '사랑하는 사

람이 죽은 것은 결국 너의 탓이다.'

　부모가 죽으면 산에 묻고 자식이 죽으면 가슴에 묻는다는 속담만큼 애도와 멜랑콜리를 직관적으로 구별하는 데 유용한 말도 드물 것이다. 장례식은 망자의 죽음을 슬퍼하기 위한 의례이지만 동시에, 죽은 자를 매장함으로써 산 자와 죽은 자의 돌이킬 수 없는 경계를 확정하는 과정이기도 하다. 흔하게 사용하는 표현 그대로, 장례라는 애도의 절차를 통하여 우리는 망자를 이쪽에서 저쪽으로 '떠나보낸다'. 하지만 땅이 아니라 가슴속에 묻힌 망자는, 산 자와 산 자의 현실로부터 제대로 분리되지 못한 채 삶과 겹쳐 존재하거나 수시로 삶에 출몰한다. 부모들이 죽은 자식이 머물던 침실에 손대지 못하는 건 이유가 있다. 집이 간직하는 망자의 저 텅 빈 공간은 부모의 내면이 지닌 공백의 알레고리다. 이처럼 부모는 제 일상과 육체를, 자식이라는 유령이 돌아오는 황폐한, 빈 공간으로 내버려 둔다. 그리고 이는 일종의 자기 처벌이기도 하다. 사랑하는 사람이 죽은 것은 결국 너의 탓이라는 목소리에 멜랑콜리커는 저항하지 못할뿐더러 오히려 적극적으로 동조한다.

자녀의 죽음이라는 극단적인 예시를 가져오긴 했으나 멜랑콜리가 꼭 부모자식의 사이처럼 밀접한 관계를 전제해 나타나는 반응은 아니다. 멜랑콜리커와 애도하는 주체 사이의 차이는 사랑의 강도가 아니므로 자식이 죽으면 우울한 주체가 되고 부모가 죽으면 애도하는 수준에서 감정이 가라앉는다는 식의 논의는 완전히 잘못된 것이다. 생판 모르는 타인의 비극으로 인해 우울증에 빠지는 경우도 얼마든지 가능하다. 멜랑콜리커는 애도를 불가능하게 하는 신경증에 사로잡힌 자이며, 상실의 인과를 몽땅 자기 탓으로 돌리려는 그의 태도 속에는 자기처벌에 대한 강박과 얼마간의 나르시시즘이 병증으로서 담겨 있다. 그치지 않는 애도를 통해 망자에 대한 애정과 추억을 간직하면 될 일이지, 유령으로 출몰하는 망자를 위해 제 삶은 물론이고 주변까지 폐허로 만드는 행위를 진정한 슬픔으로 간주할 일이 아니다.

이 글을 쓰는 시점으로 26권까지 국내 출간된 유키무라 마코토 만화 《빈란드 사가》는 대중적인 장편이 어떻게 작품 속 인물의 죽음을 애도하고 이를 서사에 활용하는지에 대한 적절한 전형을 보여준다. 만화의 줄거리는 10세기 바이킹들의 아메리카 대륙 개척기 정도로 요약된다. 노예도 폭력도 없는 나라를 세우겠다는 목표로 천신만고 끝에 빈란드를 밟은 주인공 일행은 그들이 정착할 거주지를 아르네이즈 마을이라 부르기로 결정한다. 아르네이즈는 노예로 살다가 비참한 최후를 맞이한 여성의 이름이다. 이를 계기로 주인공인 토르핀과 에이널이 빈란드 개척을 결심하게 된다는 점에서 아르네이즈의 죽음은 서사의 변곡점으로서도 중요한 의의를 지닌다. 하지만 아르네이즈의 죽음과 관련해 나를 놀라게 만든 지점은 한 여성의 희생 서사가 클라이맥스에 동원되었다는 사실이 아니다. 여자가 죽어서 남자가 각성하는 이야기에 뭐가 새로울 것이 있겠는가. 내 눈길을 끈 것은 13권에서 죽은 아르네이즈가 26권에 이르러 재차 애도된다는 점이다.

한국어판 기준으로 13권과 26권은 근 10년이라는 시간차를 두고 있다. 그래서인지 26권에서 주인공 일행이 개척지 마을의 정중앙에 아르네이즈와 닮은 흉상을 설치한 후 애도를 표하는 장면을 보고도 나는 아르네이즈가 누구인지 바로 떠올리지 못했다. 만화의 두 주연 가운데 아르네이즈를 진심으로 사랑했던 에이널이 눈물을 훔치는 모습을 보고 나서야 오래전 내가 읽은 그들의 비극을 간신히 떠올릴 수 있었다. 지금껏 수많은 만화에서 동고동락한 친구나 죽도록 사랑한 연인의 죽음에 미칠 듯 슬퍼하던 주인공이 바로 다음날부터 아무렇지 않게 새로운 인물과 이벤트 앞에서 희희낙락하는 모습을 지겹게 보아온 나에게 작가 유키무라 마코토의 태도는 새삼 감동적이었다. 10년 전 아르네이즈는 노에 농장 근처에 매장되었으며 동시에 그를 사랑했던 에이널의 가슴에 묻혔다. 그럼에도 그의 죽음은 에이널과 토르핀의 삶을 폐허로 만들지 않았다. 오히려 두 인물이 망자를 가슴에 품고도 씩씩하게 살아남았기에, 먼 훗날 그들은 아르네이즈를 전혀 모르는 개척지 주민들에게까지 아르네이즈라는 의미를 전할 수 있었다. 나는 이런 방식이 죽음을 다루는 가장 나은 엔딩 중 하나라 믿는다. 그렇다면 죽은 자를 애도해야 할 산 자가 자신을 폐허로 버려두는 멜랑콜리의 메커니즘이야말로 죽음에 관한 가장 나쁜 결말일지도 모른다.

나는
신이 아니다

대체로 인간은 자신의 죽음을 지극히 개인적인 사건으로 받아들인다. 일부 거미나 사마귀의 생태에서 나타나는, 종족 번식을 위한 짝짓기 이후 수컷이 암컷에 먹히는 상황 따위를 인간은 받아들이지 못한다. 거미와 사마귀 수컷들이 자기 몸을 영양분으로 제공하는 행태는 한 개체의 죽음을 대가로 해당 개체의 유전자를 더 많이 남길 수 있다는 점에서 진화론적으로 이득이라 할 수 있다. 또 다른 예로 벌목(目)에 속하는 개미와 벌도 종의 번영을 위해 기꺼이 자기를 희생한다. 가령 일벌들은 스스로 생식을 포기하고 평생 여왕벌의 번식을 도우며 산다. 이와 같은 '진사회성(眞社會性)' 동물이 지닌 공동육아의 습성은 자신과 혈연관계에 있는 유전자를 더 많이 남길 수 있는 전략으로서 유용하다. 하지만 평범한 인간은 자기 생사를 진화론적 이득에 따라 결정하지 않는다. 나보다 뛰어난 형님의 유전자를 퍼뜨리겠다는 목표로 자기 생식기능을 거세하고 조카들을 키우는 혈연 선택적 이타심을 지닌 인간이 존재할 리 없다.

　곤충에 비해서는 물론이고 다른 포유류와 비교해서도, 인간은 자기 '생명보다 중요한 혈연'의 범위를 상당히 좁게 설정하는 듯 보인다. 직관적으로 볼 때 인간에게 있어 그가 목숨을 버려서라도 보살피고자 하는 타자란 세 자식 정도일 것이다. 물론 현재에도 가문이나 종교가 지닌 상징성에 집착하는 어느 개인이 스스로 희생을 감수하는 경우가 있다. 하지만 이는 그가 자기 욕망을 따른 결말이라기보다는 공동체의 욕망이 그에게 도착적으로 투사되어 나타난 결과에 가깝다. 결국 인간은 언제나 홀로 죽는다. 이처럼 죽음이 개인적이라는 사실을 인식하고 있기에 우리는 의식적으로나 본능적으로나, 타인 여럿을 죽이더라도 결국 자기를 살리려 하지 그 역으로 행동하지는 못한다. 사람이 이 세상에 끝내 남기고 싶은 것은 유전자도 공동체도 아닌 무엇보다 자기 자신이다.

　그래서 인간은 흥미롭다. 죽음이 개인적인 사건이라면 삶의 양상도 그만큼 개인적일 수밖에 없을 텐데, 인간은 때로 낯선 타인을 살리겠다고 목숨을 내놓는다. 드물기는 하지만 유기견이나 야생동물을 구하려다 생명을 잃는 사람도 있다. 게다가 이런 이타적이며 동시에 극단적인 선택이 매번 긴 숙고의 결과물인 것도 아니다. 인간은 우연히 위기에 처한 타자를 발견하고, 그 낯선 위험에 뛰어들며, 때로는 나와 타인의 생명을 맞바꾸는 용기를 이끌어낸다. 그는 특별한 사람이 아니다. 그는 내가 방금 말한, 타인 여럿을 버리더라도 결국 자기를 살리고 싶어 하는 흔한 인간이기에, 위기에 처한 타인과 마주하기 직진까지도 철저히 그런 방식으로 살아왔을지 모른다. 흔히 의인으로 일컬어지는 사람들은 당연히 우리 가운데 어느 정도 특별한 사람이지만, 또한 말 그대로 어느 정도만 특별한 사람이기도 하다. 울고 소리치며 도움을 구하는 타자의 얼굴은 평범하게 이기적인 인간 내부에 존재하는 어떤 윤리성을 자극하는 것이다.

〈나는 신이다: 신이 배신한 사람들〉은 사이비 종교의 만행을 폭로하는 다큐멘터리 시리즈이다. 자극적일 수밖에 없는 주제를 다룬다는 점을 감안하더라도, JMS라는 단체의 수장 정명석과 피해자 여성의 녹취를 들려주는 1화 오프닝에 대해서는 지나치게 선정적이라는 논란도 있었다. 성폭행 상황에서의 음성 녹취, 피해자 여성들의 나체 영상과 비키니 사진, 피해 고발자인 젊은 여성의 우는 얼굴을 인터뷰 카메라가 클로즈업하는 방식에 관해서는 포르노적 연출이라는 비판도 가능할 것이다. 이런 비판에 대고 심각한 사건이니만큼 방식 말고 메시지를 보라며 윽박지를 수만도 없는 일이다. 문화와 정치, 법률 등 모든 인간적인 것들은 그러한 선정적인 방식에 대한 고민을 통해 얻어낸 결과물이기도 하다. 연쇄살인범이나 아동성폭행범을 결코 용서하지 않는다는 사회

적 메시지를 전달하겠다고 그들을 저잣거리에서 화형이나 거열형으로 죽이지 않는 까닭은 우리의 역사가 그러한 선정성을 보다 인간적인 방식으로 제어해왔기 때문이다.

그렇지만 나는 이 다큐멘터리가 우리에게 반드시 필요한 무엇이었다고 단언해 보려 한다. 일반의 선입견과는 달리 사실 모든 혁명적인 변화들을 포함해 심지어 실제 역사 속 혁명조차도 상당히 개인적이며 감정적인 원인으로 구성된다. 가까운 예로 4·19혁명에 대한 여러 회고들이 증언하듯, 그날의 혁명은 숭고한 목적을 의식화한 학생과 시민이 이루어낸 성과라고만은 보기 어렵다. 최루탄에 맞아 죽은 젊은이의 사진을 접한 시민들, 국가가 동원한 깡패에게 끌려가는 동기의 모습을 지켜본 대학생들, 그것도 아니면 시위 나가는 형을 막무가내 따라나선 중고등학생들이야말로 저 숭고한 혁명을 이루어낸 어설프고 감정적인 주체들이었다. 우리는 앞으로 펼쳐질 수많은 스펙터클의 선정성을 제어하기 위해서라도 〈나

는 신이다: 신이 배신한 사람들〉의 선정적인 측면을 성실히 논의해야 한다. 하지만 또한, 젊은 여성의 우는 얼굴을 화면 한가운데로 들이미는, 저 감정적이고도 선정적인 방식 없이는 평범하게 이기적인 집단으로부터 윤리성을 끄집어낼 다른 방법은 딱히 없다고 봐도 옳을 것이다. 타자를 향한 윤리적 행위와 접속을 가능하게 만드는, 우리가 흔히 사랑이라 부르는 기적은 가장 선정적인 얼굴로 처음 제 모습을 드러내기도 한다. 현실 속 좋은 결말이 전적으로 윤리적이었던 적은 없다. 저기 화면 속에 억울하게 죽고 부서신 타자들이 존재한다면, 저들을 홀로 죽게, 혹은 죽은 채로 내버려 두지 않는 것이 사회에 지금 필요한 좋은 결말이다.

지평과
유리창

광활한 평야를 걷는 장면을 상상해보자. 하늘과 대지의 틈으로 드러나는 아름다운 지평은 그 지평 너머의 세계로 우리의 시야를 끝없이 끌어당길 것이다. 시간과 공간의 변화와 더불어, 지평 너머로 또다른 지평이 무한히 펼쳐지기에, 우리가 바라보는 풍경은 매번 새롭고 다를 수밖에 없다. 독일 철학자 후설은 인간이 어떤 사물을 바라보고 정체를 인식하는 방식을 '지평'이란 개념으로 설명한다. 그에 따르면 우리가 눈앞 책상을 그저 널빤지 따위가 아니라 명확히 책상으로 인식할 수 있는 이유는 그것을 떠받치고 있는 책상 다리와 지지대 등의 '보이지 않는 뒤편'을 어렴풋이 감각해서이다. 우리 두 눈은 어떤 대상을 볼 때 그것의 드러난 앞면에 시선을 던지는 동시에 그것의 감추어진 뒷면을 예측한다. 이처럼 어떤 사물의 국면은 홀로 나타나는 법이 없다. 앞서 말했듯이 책상은 언제나 책상 뒤편이라는 감추어진 지평과 '함께' 인식된다. 어디 그뿐인가. 우리는 그 책상과 연관된 무수한 외부적 지평-맥락을 나열해볼 수도 있다. 단순히 공간적으로만 따져 봐도 책상은 나의 방 안에, 우리 아파트 단지 안에, 경기도 파주의 서쪽 어디쯤에, 그리고 남한 전체로 따지자면 어느 위도와 경도에 걸쳐 …… 존재하므로, 어떤 사물을 눈앞에 나타나게 하는 지평, 즉 맥락이나 배경은 무한히 사유될 수 있다.

현상학의 지평 개념을 한 문단으로 요약하기란 불가능하겠으나 이상의 논의로도 어느 정도 짐작되는 바, 지평을 사유하려는 태도는 꼭 철학적이거나 미학적인 주체에게만 요구되는 미덕이 아니다. 사실 철학에 전혀 관심이 없더라도 지금을 사는 모든 이들은 지난 세기의 인류에 비해 세계라는 지평을 더 많이 의식하며 살아간다. 21세기를 살면서 영화 〈트루 라이즈〉에서 테러리스트로 등장하는 아랍인들이 우스꽝스러운 모습으로 죽어갈 때 속 편하게 배꼽 잡을 사람은 없을 것이다. 〈람보 3〉의 실베스터 스탤론이 분당 몇십 명을 도륙 내는 장면 앞에서, 혹은 배우 숀 코너리와 로저 무어 시절의 '007 시리즈' 속 '본드걸'들이 하나같이 어디에 붙잡혀 비명만 지르고 있는 모습 앞에서 불편함을 느끼지 않을 요즘 관객이 어딨을까. 설명 없이 목숨을 잃거나 맥락 없이 옷을 벗는 저 인물들의 뒷면이 저렇게 납작할 리 없다는 사실을 현재의 우리는 잘 안다. 혐오가 이리도 만연한 시대에 지평이 넓어졌다는 말이 가당키나 하냐며 반문하는 분들도 있을 것이다. 하지만 나는 우리가 '안다'고 했지 아는 것을 '실천한다'고 주장하지는 않았다. 혐오는 나와 타자 사이를 의식적으로 구별하려는 데서 시작한다. 이렇듯 어떤 대상을 혐오라는 진공 상태에 의식적으로 놓는 행위는 그 대상이 지닌 무수한 지평에 대한 의식적인 거부이기도 하다. 알다시피 사람은 더 많이 알수록 더 지독해지기도 한다.

세계를 입체적으로 바라보자! 그리고 그것을 실천하자! 이 정도를 말하겠다고 굳이 지평 얘기를 꺼낸 것은 아니다. 글을 여기까지 끌고 오기 위해 부러 불명확하게 써두기도 했지만 내가 언급한 지평 개념에는 모호한 구석이 남는다. 대체 지평이란 '어디'에 존재하는가? 즉, 그것은 주체가 '보는' 것인가 아니면 대상으로부터 '보여지는' 것인가? 예를 들어, 우리가 책상을 책상으로 인식하는 순간 어렴풋이 펼쳐지는 '책상 다리와 지지대라는 은폐된 지평'은, '주체'가 떠올릴 수 있는 무한한 상(像)들의 다른 이름일까? 혹은 '대상'이 스스로 자기 뒤편에 거느리고 있는 무수한 그림자들 같은 것일까? 아마 현상학은 아래와 같이 난해하게 대답할 것이다. 주체(의식)는 대상을 대하는 한에서만 존재하며 대상 또한 그러하다고. 말하는 나조차도 알쏭달쏭하게 만드는 이런 대답을 간결한 시 한 편으로 요약해낸 사람이 있다. 이 작품은 사랑하는 '나'와 '너' 사이를 항상 가로막고 있던 '유리벽'이 나타나는 장면에서 시작한다. 모든 관계란, 그것이 아무리 친밀한 관계일지라도 결국은 "통과할 수 없는 것"(유리)으로 단절되어 있다. 존재와 존재 사이의 그러한 막힘(거리)은 흡사 "죽은 사람이 산 사람을 보는 것"처럼 아득해서 영 해소되지 못한다. 너무나도 사랑하는 사람 사이에도 유리창은 언제나 존재했기에 "그래서 넘어지면 깨졌던 것이다. 그래서 너를 안으면 피가 났던 것이다." 김행숙 시인의 〈유리의 존재〉를 함께 읽어보자.

유리창에 손바닥을 대고 통과할 수 없는 것을 만지면서…… 비로소 나는 꿈을 깰 수 있을 것 같다. 그러니까 보이지 않는 벽이란 유리의 계략이었던 것이다.

그래서 넘어지면 깨졌던 것이다. 그래서 너를 안으면 피가 났던 것이다.

유리창에서 손바닥을 떼면서…… 생각했다. 만질 수 없는 것들로 이루어진 세상을 검은 눈동자처럼 맑게 바라본다는 것. 그것은 죽은 사람이 산 사람을 보는 것과 같지 않을까. 유리는 어떤 경우에도 표정을 짓지 않는다. 유리에 남은 손자국은 유리의 것이 아니다.

유리에 남은 흐릿한 입김은 곧 사라지고 말 것이다. 제발 내게 돌을 던져줘. 안 그러면 내가 돌을 던지고 말 거야. 나는 곧, 곧, 무슨 일이든 저지르고야 말 것 같다. 나는 오늘에야 비로소 죽음처럼 항상 껴입고 있는 유리의 존재를 느낀 것이다.

믿을 수 없이, 유리를 통과하여 햇빛이 쏟아져 들어왔다. 창밖에 네가 서 있었다. 그러나 네가 햇빛처럼 비치면 언제나 창밖에 내가 서 있는 것이다.[+]

'나'는 '너'의 진짜 살을 만지고 '너'의 따뜻한 품으로 뛰어들고 싶어 절규한다. "제발 내게 돌을 던져

[+]   김행숙, 《무슨 심부름을 가는 중이니》 (문학과지성사, 2020)

줘. 안 그러면 내가 돌을 던지고 말 거야. 나는 곧, 곧 무슨 일이든 저지르고야 말 것 같다." 하지만 아무리 서로를 사랑해도 관계의 유리창에 돌을 던질 수 있는 사람은 없다. '유리'는 모든 존재의 필연성과 같은 것이라서 그것의 깨짐은 곧 존재의 죽음을 의미하는 탓이다. 마지막 연을 보면 시는 새드엔딩이다. 이미 밝힌 대로 '우리'를 갈라놓는 저 유리는 치워질 수 없다. '나'(주체)의 자리는 끝내 유리창의 안쪽이어야 하고, 반대로 '너'(타자)의 자리는 항시 창밖이어야 한다. 물론 "네가 햇빛처럼 비치"는 방식으로 문득 유리창 이편으로 임하게 되는 신비한 순간이 있을지도 모른다. 하지만 그런 순간이 오면 즉시 '우리'의 자리가 바뀌게 되고 이번에는 "창밖에 내가 서 있는 것이다." 이처럼 유리를 사이에 두고 '너'와 '나'는 영원히 어긋난 공간에 존재할 수밖에 없다.

그렇지만 다른 해석도 가능하다. 유리창으로 들이치는 쨍한 햇빛은 이미지로만 봐도 새드엔딩의 전형적인 감수성을 얼마간 역전시키고 있다. 유리창 안

쪽에서 당신이 커피를 마시고 있다고 상상해보자. 나머지 상황은 곧이곧대로 시를 따라 읽으며 만들어가면 된다. "믿을 수 없이, 유리를 통과하여 햇빛이 쏟아져 들어"오는 동안이라면 당신이 창밖을 바라보더라도 보이는 건 아무것도 없다. 거기엔 눈부신 백지만이 놓여 있을 뿐이다. 그런데 문득 "창밖에 네가 서 있"게 되는 순간, 유리창 바깥에 서 있는 '너'가 햇빛을 가리고 서는 그 순간, 당신은 사랑하는 이를 보게 되는 동시에 비로소 그이의 상(像)에 겹치며 비친 당신 자신의 모습도 볼 수 있다. 눈부신 창에 짙은 얼룩처럼 서 있는, 그 투명한 막 위에 검은 눈동자처럼 서 있는 '너'가 있어야만, 당신의 상 또한 유리에 맺힐 것이다. 그래서 "네가 햇빛처럼 비치면 언제나 창밖에 내가 서 있는 것이다."라는 문장은 어긋난 관계에 관한 슬픔과 체념의 이미지가 아니게 된다. 왜냐하면 눈부신 창을 사이에 두고 '너'와 '나'가 마주하는 상황은 두 존재의 겹침을 발생시키는 조건이기도 하니까. 사랑하는 우리를 서로 닿지 못하게 가로막는 유리는 결국은 우리를 잘 겹쳐 놓는 유리이기도 하다. 즉, 유리라는 은폐된 부정성을 통해서 주체는 대상과 포개어질 기회를 얻는다. 대상을 욕망한다는 것은 매번 이런 방식이다. 주체가 소유하려는 대상이란 언제나 나와 겹쳐 있는 대상이다. 그렇다면 이렇게 창 위로 눈부시게 나타난 '너'를 대체 '어디'에 존재한다고 말해야 정확한 걸까?

걸어도 걸어도 손에 잡히지 않는 지평이야말로 방금 이야기한 욕망의 완벽한 은유이기도 하다. 다시, 광활한 평야를 걸으며 지평을 바라보는 장면을 상상해보자. 하늘과 대지의 틈으로 드러나는 저 아름다운 지평은 그 지평 너머의 세계로 우리의 시야(욕망)를 끝없이 끌어당길 것이다. 시간과 공간의 변화와 더불어, 지평 너머로 또 다른 지평이 무한히 펼쳐지듯이, 우리는 매번 새로운 욕망과 마주할 수밖에 없다. 여기서 아까의 질문을 다시 꺼내보자. 우리가 바라보는 지평이란 도대체 '어디'에 존재하는가? 그것은 주체의 의식이 '보는' 것인가 아니면 대상으로부터 '보여지는' 것인가? 우리는 욕망과 혐오 사이에

어마어마한 차이가 있다고 여기지만, 내가 간절히 원하는 대상이든 내가 지독하게 미워하는 대상이든 거기에는 언제나 '나'가 투사되어 있다는 사실을 시의 이미지는 말해주고 있다. 내가 사랑하는 당신과 내가 혐오하는 당신 모두가 나와 겹쳐 존재한다는 것. 이를 이해하고 있는 '나'는 무한히 멀어지는 지평 앞에서 절망하지도, 바라보기를 멈추지도 않는다. 눈이라는 창─김행숙 시의 '유리창' 또한 바라봄을 가능케 하는 "검은 눈동자" 자체이기도 하다─에 매 순간 맺히는 것은 주체로부터 영원히 도망치는 허상이다. 그것은 또한 동시에, '나'라는 가장 가까운 장소와 항상 포개어진 채 존재해온 허상이다. 이런 "유리의 계략"을 알면서도 기어이 사랑의 시선을 던지겠다는 시를 슬프다고만 할 수는 없을 것이다.

/ 《아모스와 보리스》 /

해변이 우리를
갈라놓을지라도

평소 친하다고 느끼는 몇몇 시인의 얼굴을 떠올
려보다가 나와 그들이 만난 횟수를 생각하니 기분이
묘했다. 예를 들어, 지금은 아파트 옆 동에 사는 김
민정 시인의 경우 2014년엔가 어느 술자리에서 처
음 보긴 했지만 그때는 짧게 인사를 나눈 게 전부였
다. 그로부터 2년이 지나서 내 두 번째 시집을 묶는
일로 다시 연락을 주고받기 시작했으니, 누나와 나
사이에 놓인 시간은 10년쯤 된다. 물론 10년이 짧은
기간이 아니다. 하지만 누나가 바쁠 땐 일 년에 한
번, 덜 바쁘면 서너 번 정도 만났고, 그렇게 따지면
민정 누나와 내가 만난 건 다 해서 서른 번이나 될
까. 반대의 예로 유희경 시인. 2016년 그가 신촌에
시집 전문 서점을 열기 전에도 나는 그를 알고 있었

다. 정확히는 '알고는 있었다'. 20년 전쯤인가 시 쓰는 작은 모임에서 대여섯 달 정도 희경이를 매주 봤었다. 정말 붙임성도, 멋도 없는 녀석 같았고, 그렇게 마음을 닫고 나니 매주 보면서도 우리 사이에 시간이 쌓인다는 생각은 들지 않았다. 얼마 후에 그는 모임을 떠났다. 희경이 여러모로 나보다 나은 사람이라는 걸 알게 된 것은 그로부터 10년이 흘러 그를 다시 만나게 되면서부터였다. 모임 나가던 때를 새삼 돌아보니 우리는 반년도 안 되는 기간 동안 바짝 서른 번 가까이 만나면서도, 왔어? 들어가, 정도의 말 말고는 다른 이야기를 나눈 적이 없었다.

아내와 연애하던 때 우리는 매일 만났다. 내 쪽에서도 아내 쪽에서도 매일 얼굴을 마주하지 않으면 견디지 못했다. 특히 내 경우엔 만남에 관해 조금 괴상한 관념을 고수해왔던 것 같다. 매일 만나지 않으면서 누군가와 연애하는 기간이 1년, 2년 늘어가는 것을 모종의 기만이라고까지 여겼던 것 같다. 나와 당신이 실제로 365일 만난 것도 아니면서 연인끼리

'1년을 만났다'고 말한다면 그건 만남과 시간에 대해 어느 정도는 거짓말을 하는 게 아닐까 생각했다. 그래서 나의 연애는 항상 그런 식이었다. 서로 바빠서 일주일에 한 번 정도 만나면서 연애했다는 커플 얘기를 들으면 저런 걸 진짜 관계라고 부를 수 있을까 의아해했다. 야근으로 밤 아홉 시 열 시에 일을 마치고도 30분은 얼굴을 봐야 진짜 관계가 아니겠느냐는 의견을 당당하게 피력한 적도 있었다. 친한 친구가 1년 만난 상대와 올해 결혼하게 되었다고 청첩장을 내밀었을 때, 내가 가장 먼저 물어본 건 그래서 너희는 한 해 동안 매주 몇 번이나 만났느냐는 것이었다. 매주 1회 정도, 바쁘면 2주에 한 번 정도 얼굴을 봤으면 고작 쉰 번도 안 되게 만난 건데 어떻게 결혼을 하느냐고 말했던 게 지금도 종종 떠올라 괴롭다. 그때도 서른 살은 먹었을 텐데 생각도 말도 그리도 짧고 성의가 없었다.

월리엄 스타이그의 그림책 《아모스와 보리스》를 해피엔딩으로 받아들이지 못했던 건 나의 성향 탓이다. 배로 바다 여행을 즐기다 물에 빠진 생쥐 아모스와 우연히 그를 건져 육지까지 데려다주게 된 고래 보리스는 육지로 돌아가는 일주일의 여정을 통해 더할 나위 없이 깊은 우정을 쌓는다. 나도 여기까지는 고개를 끄덕이며 읽었다. 망망대해에 둘만 고립되어 있는 상황에서, 고래에게 낯선 육지 이야기를 들려주는 생쥐와, 생쥐가 들어보지 못한 바다 이야기를 풀어내는 고래가 서로에게 호감을 느끼지 않기가 더 어려울 테니까. 불편한 건 결말부였다. 둘이 헤어지고 몇 년 후, 고래 보리스는 백 년에 한 번이나 있을 법한 거대한 태풍에 휩쓸려 아모스가 사는 해안으로 떠밀려오고 뜨거운 햇볕에 노출되어 죽을 위기에 빠진다. 결국 생쥐는 어떤 방법을 써서 고래 친구를 위기에서 구하였으므로 이전 은혜를 갚은 셈이기도 하다. 고래가 물에 빠진 생쥐를 살렸고 그 생쥐가 해안으로 떠밀려온 고래를 살린 것으로 균형을 맞추었으니 이쯤에서 이야기가 마무리되어도 나쁘지 않았을 것이다. 하지만 명백하게도 이 책의 주제는 보은이 아니라 우정이다. 동화는 아모스와 보리스가 각자 살던 곳으로 돌아가며 눈물을 흘리는 장면으로 끝난다. "아모스와 보리스는 서로 만날 수 없다는 것을 알고 있었지. 하지만, 서로를 절대로 잊지 않으리란 것도 알고 있었어."

생쥐와 고래가 다시는 만나지 못할 것을 예감하며 슬퍼하는 결말이 없었다면 《아모스와 보리스》는 의인화된 두 동물이 은혜를 주고받는 내용을 담은, 평범하게 좋은 동화책이었을 것이다. 윌리엄 스타이그가 저 마지막 페이지를 쓰지 않았다면 나 또한 아무런 의심 없이, 앞으로도 두 동물이 종종 해안 근처에서 만나 꾸준한 우정을 나누며 행복하게 지내는 모습을 상상했을 것이다. 저토록 거대한 고래가 생쥐를 보겠다고 해안 근처로 찾아오는 일은 너무나도 위험하기에 전혀 현실적이지 않음에도 말이다. 작가가 그린 엔딩이 이처럼 지나치게 현실적이었던 탓에 나는 아이에게 처음 책을 읽어주며 마지막 장면을 군더더기로 여겼다. 그리고 무엇보다, 만날 가능성이 전혀 존재하지 않는 관계가 대체 무슨 의미가 있을까 싶었다. 수심 깊은 바다와 접해 있는 어디 절벽이라도 찾아서 서로 종종 얼굴 보면서 살 수 있지 않을까? 아니면 첫 장면처럼, 생쥐가 배를 타고 근해로 좀 나가면 되는 거 아닐까? 생쥐와 고래가 정말 못 만나는 것이 맞느냐는 아이의 질문에, 왜 저런 식으로 내 의견을 덧붙여가며 굳이 동의까지 얻어냈는지 지금은 후회가 된다. 다시 《아모스와 보리스》를 읽으며 확신한다. 존경하고 사랑하는 당신들을 기억하는 것으로 우리의 시간이 잘 쌓여가고 있다는 것을.

어떤 장르의
어떤 엔딩

결국은 소설 아닌 시를 쓰며 살게 되었지만, 대학 다니며 두 학기 동안 들었던 소설창작론만큼 나에게 큰 영향을 끼친 수업은 없었다. 과제로 낼 원고지 70매 분량의 단편소설을 끝내려 밤을 꼴딱 새우고도 강의 시작 불과 몇 시간 전까지 컴퓨터 앞에 앉아 있었던 시간들이 헛되지 않았다고 생각한다. (물론 마감일 며칠 전부터 쓰기 시작했다면 더 좋았을 텐데.) 가령 이런 모습이 담긴 날도 있었다. 수업이 늦어져 저녁때가 되었으니 짜장면이나 배달시켜 먹자고 우리를 붙잡던 소설가 선생님의 모습, 그가 문득 강의실 문을 잠그고 담배를 꺼내더니 어둑해졌으니 괜찮다며 (그것으로 왜 괜찮았는지는 잘 모르겠으나) 라이터에 불을 올리던 모습과, 아니 건물 관리원한테 들키면 어쩌려고 그러시냐면서도 얼른 같이 담배를 입에 물던 우리 학생들의 모습 등이 그것이다.

수업이 즐거웠던 건 그날의 짜장면과 담배 때문만은 아니었다. 당시 우리 학교 국문과엔 소설 쓰기에 관심 있는 학생이 거의 없다고 해도 될 정도여서 나를 포함한 소설 어중이떠중이들은 대체로 그곳에서 박상륭을 처음 알았고 이문구를 처음 읽었으며 손창섭의 빛나는 문장들을 다시 들여다볼 수 있었다. 윤성희와 김애란의 따뜻하고 위트 있는 감수성이 한국문학에서 얼마나 희귀한지도 그때 배워서 알았다. 문학은 말하기가 아니라 보여주기라는 사실을, 모든 문학의 주제가 궁극적으로는 휴머니즘에 기반을 둔다는 사실을 알게 된 것도 그 강의실에서였다. 그곳에서 함께 소설을 배웠던 친구들이 지금도 글을 쓰고 있는지는 모르겠다. 아마 아닐 거라고 생각한다. 하나같이 그때의 나처럼, 그저 약간의 흥미와 취미를 핑계 삼아, 고를 수 있는 강의 중에서 가장 만만해 보이는 하나를 골라 들어왔을 것이다. 하지만 확실한 것은 우리가 그때 글에 진심이었든 아니었든, 단 두 학기 동안 유지되었던 그 강의는 결석이 놀랍게도 적은 수업이었다. 지난주 수업에 빠진 학생이 이번 시간 수업에 들어와 자신이 무슨 이유로 결석을 했는지, 지난 강의를 못 들은 게 얼마나 아쉬운지를, 누가 물어보지도 않았는데 모두에게 알아서 털어놓았으며 나머지 학생이 그의 사정을 진심으로 안타까워했던, 소설창작론은 그런 수업이었다.

소설 원작을 각색해 큰 인기를 얻은 드라마 〈재벌집 막내아들〉의 허무한 결말에 분통을 터뜨리면서 나는 소설창작론 강의를 떠올렸다. 어느 날처럼 누군가 가져온 소설 두 편을 두고 나머지 학생들이 이런저런 의견을 더하는 중이었다. 아주 잘 된 것도, 그렇다고 엉망으로 못 쓴 것도 아닌, 평범하게 괜찮은 단편이었던 것 같다. 여전히 기억나는 부분은 소설 속 주인공이 자주 엉뚱하게 행동했다는 점, 그러한 기행들이 결국은 주인공의 '환각'이었다는 설정으로 소설이 마무리된다는 점이다. 학생들 사이에서 더는 새로운 평이 나오지 않을 것으로 판단했는지 선생님은 수업을 잠시 끊었다. 그러고는 짧게 의견을 덧붙였다. 지금 생각하면 별거 아닐 수 있는 말이지만 나는 그때 그의 말을 대충 받아 적은 메모—정확히는 내가 과제로 낸 단편소설 이면지—를 가지고 있다. (가벼운 비속어를 빼고 경어체로 각색하면) 이런 내용이었다.

소설 속에서 이야기를 들려주는 화자를 완전히 미친 사람으로 설정해서는 안 됩니다. 미친 인물은 소설에 얼마든지 등장할 수 있어요. 하지만 이야기를 들려주는 사람이 미쳐 있다면, 작가는 그의 입을 빌려 무슨 말이든 할 수 있겠죠. 그는 미친 사람이니까요. 미친 사람의 입을 빌리게 되면 작가는 아무런 책임을 지지 않아도 되는 거죠. 현실에 대해서도 그렇고, 플롯을 고려할 필요도 없습니다. 화자가 미친 것과 비슷하게, 꿈과 환상, 환각 같은 것들도 매력적인 소재죠. 하지만 거기에 기대어 소설을 쓰는 것만큼 쉬운 일도 없어요. 마구 쓰면 되니까, 마구 쓰고 나서 다 헛소리였다고 말하면 되니 얼마나 편합니까.

부도덕한 재벌가가 경영권을 잃었고 몇몇은 법적인 처벌까지 받게 될 테니 드라마 〈재벌집 막내아들〉은 해피엔딩이라 할 수 있다. 그럼에도 이 결말을 시청자가 싫어했던 이유는 뭘까. 우선 원작 웹소설의 경우 '시간 회귀물'의 장르 문법을 충실히 따른다. 웹소설 속 주인공은 '과거'로 회귀, 재벌집 막내아들로 환생해 인과응보를 실현한다. 하지만 드라마 〈재벌집 막내아들〉의 주인공은 혼수상태 가운데 과거를 경험하고, 그 진짜 같은 경험을 바탕으로 '현재'에 존재하는 재벌가를 단죄하게 된다. 인물을 중심으로 다르게 요약하자면, 원작은 현재에서 과거로 회귀한 '환생한 주인공'이 극을 마무리 짓는 반면, 드라마는 과거를 경험한 '현생의 주인공'이 현재에서 의식을 되찾고 재벌가에 맞선다.

　　어처구니없다고 비난받았던 드라마의 엔딩은 어쩌면 원작의 스토리에 조금 더 현실적인 면을 반영해보려는 작가의 의도일 수 있다. 주인공이 과거로 돌아가 악을 응징한다는 시간 회귀의 서사가 누군가에게는 도저히 받아들일 수 없을 만큼 반리얼리즘적일 수도 있지 않을까? 만일 소설창작론 강의실로 돌아가 드라마와 원작 스토리를 비교하며 의견을 내야한다면 나 또한 드라마의 스토리에 보다 더 점수를 주었을지도 모르겠다. 물론 이야기의 리얼리티를 확보하겠다고 이야기의 리얼리티에 도움이 되지 않는 환몽구조(꿈-현실-꿈의 이야기구조)를 과하게 활용한 점에 대해서는 누군가의 지적이 있었을 테지만 말이다. 그래서 이 글의 결론은 작가가 잘했는데 나 같은 시청자가 그걸 몰라봐주었다는 말일까.

물어보지 않았으니 작가의 의도는 알 수 없으나, 그럼에도 나는 드라마 〈재벌집 막내아들〉이 코마에서 깨어난 '현생의 주인공'을 행복하게 만들 게 아니라, 그는 그대로 죽게 두고, '환생한 주인공'을 행복하게 살게 했어야 옳다고 생각한다. 판타지 소설은 마법이 난무하고 불사조가 하늘을 날며 물·불·바람·땅 등의 원소 간 상성이 존재하는 설정을 통해

되레 리얼리티를 확보한다. 또한 스페이스 오페라는 우주공간을 순식간에 도약하거나 다양한 외계종족이 등장함으로써 그것만의 리얼리티를 구성해낸다. 이처럼 장르마다 다르게 통용되는 리얼리티가 존재한다는 뜻에서 이를 장르적 핍진성이라고 일컫기도 한다. 드라마 〈재벌집 막내아들〉은 1화부터 15화 내내 시간 회귀물의 문법을 충실히 따르고 있었으며, 시청자들은 그것에 동의하면서 이야기를 따라가고 있었다. 그런데 16화의 결말은 드라마가 스스로 쌓아온 그 모든 장르 문법을 무너뜨린 셈이다. 일상 속 애환을 그리는 가족드라마에서 갑자기 용과 기사가 등장하는 해피엔딩을 보고 싶어 하는 시청자는 없다. 같은 맥락에서, 드라마 〈재벌집 막내아들〉에서 환생한 주인공이 죽고 현생의 주인공이 혼수상태에서 깨어났을 때, 그런 그의 부활에 환호한 시청자는 거의 없었을 것이다. 과거로 돌아가 그 많은 이야기를 풀어놓고 그게 다 꿈이라니? 그러고도 그게 행복한 결말이라니? 아침드라마에서 불 뿜는 용을 보게 되는 심정이 이런 것이리라.

비극의 카타르시스와
행복한 일상

나는 복수극을 좋아한다. 학교폭력 가해자들에 대한 피해자의 처절한 응징을 그린 연속극 〈더 글로리〉가 이토록 큰 인기를 얻고 있으니 나의 복수극 취향은 사실 유별난 것이 아니다. 한때 미쳐 있었던 영화 〈친절한 금자씨〉도 마찬가지지만, 좋은 복수극은 내러티브의 전반부를 통해 주인공을 죽도록 괴롭힐 수밖에 없다. 더욱 통쾌하고 짜릿한 해피엔딩을 보여주기 위하여, 복수극 속 우리가 사랑하는 주인공은 밟히고 찢겨야 한다. 그는 목숨 말고는 거의 모든 것을 잃는 것이 좋다. 만신창이가 된 그의 몸과 마음이 제대로 전시되지 않는다면 소위 '사이다'(처럼 시원하고 청량한) 결말은 가능하지 않다. 주인공의 삶이 나락 깊숙이 떨어지면 떨어질수록 그가 기어서 올라가야 할 높이―이 높이는 극의 초반, 완전한 승리를 거둔 듯 보이는 가해자가 서 있는 어떤 꼭대기의 높이기도 하다―도 비례해 늘어난다. 극의 엔딩은 언제나 그 나락과 꼭대기의 격차만큼 짜릿한 것이다.

이때 우리가 느끼는 감정은 카타르시스와는 거리가 멀다. 최초 아리스토텔레스가 이야기한, 또한 여전히 사전적으로 널리 통용되는 카타르시스의 의미는 해피엔딩이 아니라 전적으로 새드엔딩과 연관되어 있다. 종종 관용구처럼 사용되는 '짜릿한 카타르시스!'와 같은 말은 그래서 '평등한 자본주의'처럼 역설적인 단어의 조합일 뿐이다. 카타르시스는 짜릿하거나 통쾌할 수 없다. 카타르시스를 굳이 '배설'이나 '정화'로 번역해 사용하더라도 카타르시스의 과정을 통해 느껴지는 모종의 '시원함'이란, 상당히 거칠게 비유하자면, 실컷 울고 난 후의 시원함에 가까운 것이라서, 죽다 살아난 주인공이 가해자를 때려눕히는 장면이 주는 시원한 느낌과는 근본적으로 다르다. 가령, 배우 이하늬의 연기가 돋보였던 연속극 〈원 더 우먼〉 마지막 회에서 주인공은 해외로 도망치려는 악인을 말 그대로 땅바닥에 눕혀버린다. (이때 극의 내용과는 전혀 상관없는 한 여자아이가 마침 등장해 캔 사이다를 '딱!' 소리 나게 따서 마시는 모습이 연출된다.) 이것이 카타르시스와는 전혀 다른 '사이다' 결말이다. 만일 관객이 카타르시스를 느꼈다고 말하려면 온갖 고초를 겪던 주인공이 결국에는 목숨까지 잃는 것이 맞다.

카타르시스와 함께 배설과 정화를 언급하긴 했지만, 카타르시스라는 단어를 듣자마자, 흡사 연상퀴즈처럼, 우리가 민첩하게 먼저 떠올릴 만한 단어는 '공포'와 '연민'이다. (만일 국문과 대학원 수업 중에 교수가 '카타르시스'를 언급한다면 그곳에 앉은 학생 스무 명 가운데 눈치 없는 한둘은 아리스토텔레스를, 눈치 빠르고 나서기 좋아하는 서넛은 연민과 공포를 중얼거리고 있을 것이다.) 알다시피 연민과 공포라는 감정은 아리스토텔레스가 《시학》에서 비극의 카타르시스를 해명하며 이야기된다. 전형적인 비극의 플롯에서 주인공은 자신이 저지른 악행 때문이 아니라 그저 부당한 운명이나 우연에 의하여 몰락하게 된다. 이처럼 그가 '괜히' 불행해지기에 관객은 그를 연민하는 것이다. 동시에 관객은 자신의 삶 역시 그러한 부당한 운명과 우연 탓에 망가질 수 있다는 사실 때문에 공포를 느낀다. '나'가 착하게 살든 말든 상관없이, 인간이라면 누구나 실수로 자기 아버지를 죽이거나 자기 어머니와 동침하는 저주를 받을 수 있다는 점에 경악하는 것이다.

여기까지 읽어도 연민과 공포라는 감정을 경유하여 우리가 도달한다는 카타르시스란 것이 정확히 어떤 상태인지를 알아내기는 쉽지 않다. 이는 나와 여러분이 어리석어서가 아니라 애초 아리스토텔레스가 대충 말하고 넘어가 버린 이유도 크다. 그래서 최근까지도 카타르시스에 대한 수많은 주석과 연구가 덧붙고 있는 것이리라. 누군가는 카타르시스를 실컷 울고 난 후에 느껴지는 시원함 같은 것이라고 말한다. 슬픈 노래를 들으며 슬픔을 달래는 모습을 우리는 흔히 상상하기도 하니까. 혹은 무슨 예방주사처럼, 비극을 통해 우리는 슬픔에 단련되는, 슬픔을 잘

조절하는 경험을 미리 쌓아가는 것일지도 모르겠다. 하지만 개인적으로, 카타르시스와 연관해 가장 주목하게 되는 지점은 아리스토텔레스가 연민과 공포를 '동시에 놓고' 이야기했다는 사실이다. 결론부터 말하자면 아무리 처절한 비극도 결국은 무대나 스크린에서 진행되는, 관객석의 '나'와는 동떨어진 '극'이기에, 우리는 아무리 공포스러운 중에도 극 속의 주인공을 연민할 수 있다. 카타르시스가 발생하려면 이처럼 '나'와 비극의 주인공 사이에 안전한 거리가 존재해야 한다.

클린트 이스트우드가 감독하고 출연한 영화 〈밀리언 달러 베이비〉는 여성 복서 '매기'의 비극적인 죽음으로 끝난다. 모든 역경을 이겨낸 매기가 결말에 이르러 말도 안 되는 우연에 의해 죽어가는 순간, 대부분의 관객은 공포와 연민이 뒤섞인 엄청난 비탄에 빠진다. 그럼에도 매기의 죽음은 관객의 마음속에 연민을 불러일으키는 방식으로 여운을 남길지언정 눈물 흘리던 관객을 어찌할 수 없는 슬픔에 지속적으로 묶어두지 못한다. 극이 주는 슬픔은 언제나 강렬하고, 짧다. 영화의 긴 여운 속에서 우리는 그것을 '명작'이라 평한다. 하지만 현실에서라면, 누군가의 죽음은 결코 명작 같은 말로 갈무리되어서는 안 된다. 가족영화 속 가족의 죽음은 카타르시스를 불러일으키지만 일상에 존재하던 가족의 죽음은 카타르시스와 전혀 관계가 없다. 명작이 되는 현실의 비극이란 있을 수 없는 것이다. 해피엔딩을 말하는 책에서 비극의 카타르시스 얘기를 꺼내본 이유가 여기에 있다. 모든 명작의 새드엔딩이 관객을 안전하고 긍정적인 카타르시스로 이끈다는 점에서 관객석을 벗어나는 순간 관객은 곧바로 자기 일상의 해피엔딩에 몰입하게 된다. 물론 비극적인 영화나 문학작품을 읽고 자기 생의 기쁨마저 덜어내 버리는 사람도 드물지만 없지는 않을 것이다. (그런 사람들이 느끼는 공포는 아름답고 병적이다.) 하지만 꼭 나처럼, 극은 극일 뿐이라 여기는 사람들에게 비극이란 어쩌면 조금 찜찜한 해피엔딩과 별로 다르지 않을지도 모른다.

이토록 통쾌하고
흥분되는 쇼

서부극의 수작으로 알려진 〈용서받지 못한 자〉
의 '행복한' 결말은 꽤나 전형적이다. 와이오밍주의
소도시에 군림하는 보안관 '리틀 빌'은 이전 서부극
들에 흔히 보던 악당이며, 그를 응징하는 '윌리엄 머
니' 역시 개과천선한, 그래서 평범해 보이지만 실은
힘을 숨긴 주인공의 전형 같은 인물이다. 감독과 주
연을 맡은 클린트 이스트우드는 이야기의 마지막까
지 무법자 윌리엄 머니의 죄의식에 초점을 맞추며
영화의 주제의식을 거듭 환기시킨다. 하지만 완벽하
고 통쾌한 승리로 극이 마무리되기에, 관객은 폭력과
죄책감에 관한 영화의 메시지를 진지하게 곱씹어볼
만한 감정적 공간을 확보하기 어렵다. 영화의 서사가
지향하는 바는 빈틈없이 명확하다. '용서받지 못한

자'가 용서받을 만한 서사를 획득하게 만드는 것. 영화의 제목 '용서받지 못한 자'는 당연히 주인공인 윌리엄 머니를 가리킨다. 그렇지만 영화를 다 보고 난 후에 그의 폭력을 단죄하려는 관객은 많지 않을 것이다. 또한 윌리엄 머니는 스크린 바깥에서뿐만 아니라 영화의 이야기 속에서도 전적으로 용서받는다. 리틀 빌 일당을 확인 사살한 뒤에 머니가 말을 타고 마을을 빠져나갈 때 압제에서 벗어난 마을 주민들은 눈빛으로 그를 배웅한다. 머니가 수행한 폭력은 정당할 뿐 아니라 정의로운 행위로서 스크린 안팎의 모두에게 감정적으로 인정받게 된다.

클린트 이스트우드의 2009년 작 〈그랜 토리노〉는 한국전 참전용사 '월트'의 죽음을 통하여 '자기희생'이라는 주제를 전달한다. 월트는 아시아인 갱단을 총으로 응징하는 대신, 그들의 총구 앞에 자기 생명을 기꺼이 내던진다. 영화의 서사가 '갱단의 죽음'이 아닌 '자신(자기 페르소나)의 죽음'을 선택한 것이다. 이러한 결말만 빼고 본다면 〈용서받지 못한 자〉와

〈그랜 토리노〉의 차이는 크지 않다. 쇠락한 도시 디트로이트에서 쓸쓸한 말년을 보내는 월트는, 한때 피도 눈물도 없는 총잡이로 서부개척시대를 주름잡다가 이제는 은퇴한 '무표정한 늙은이' 윌리엄 머니를 그대로 옮겨놓은 듯한 인물이다. 두 사람은 모두 죄의식을 떨쳐내지 못하며 끔찍한 과거와의 대면을 원치 않는다는 점에서 공통점을 지닌다. 하지만 〈용서받지 못한 자〉의 윌리엄 머니는 자신이 과거와 결별하였음을 끊임없이 주장하면서도 그런 주장이 무색할 만큼 여러 인물을 죽이게 된다. 이는 〈그랜 토리노〉의 월트가 무장한 갱단을 부러 도발해 살해당함으로써, 그들을 법의 심판대에 세우는 결말과 여러모로 대비된다. 공권력이 정의를 실현하지 못하는 상황—심지어 리틀 빌은 보안관이다—에서 윌리엄 머니는 참혹하게 살해당한 친구 '네드 로건'의 복수를 손수 감행한다.

이처럼 〈용서받지 못한 자〉의 결말은 정의로운 총잡이의 승리로 마무리되는 전통적인 서부극으로의 소박한 회귀처럼 보이기도 한다. 고리타분한 선악 구도에서 벗어난 서부극을 통칭해 흔히 '스파게티 웨스턴'이라고 부르는데, 그러한 스파게티 웨스턴을 다시 한번 비틀었다고 평가받는 〈용서받지 못한 자〉의 결말이 오히려 기존 서부극의 그것과 유사해지는 것이다. 실제로 이 영화에서 관객이 느끼는 쾌감은 선한 총잡이가 악한 총잡이를 철저하게 응징하는 장면에서 비롯된다. 관객을 결정적으로 매혹하는 지점은 윌리엄 머니가 권총 한 자루로 다섯 명의 총잡이를 순식간에 고꾸라뜨리는 마지막 장면이며, 이때 관객은 아무런 갈등이나 망설임 없이 주인공 윌리엄 머니에게 감정을 이입한다. 많은 이들이 〈용서받지 못한 자〉가 기존 서부극의 전형성을 비틀었다고 평한다. 이와 같은 평가의 근거는 다음과 같은 것들이다. 윌리엄 머니는 단순히 선악의 범주로 설명하기 어려운 인물이다, 영화는 날렵하고 빈틈없는 솜씨의 주인공 대신 말 위에 오르는 것조차 힘들어하는 늙고 '현실적인' 총잡이를 보여준다, 클린트 이스트우드 감독은 화려하게 불을 뿜는 총구를 클로즈업하기보다는 총을 겨누는 자의 번뇌하는 표정과 총탄에 맞아 죽어가는 자의 고통스러운 얼굴을 강조한다 등등. 이상의 장점들은 감독의 의도에 따라 극의 마디마디에 잘 안배되어 있다. 특히 〈용서받지 못한 자〉의 서사를 흔한 서부극 이상으로 끌어올리는 캐릭터가 네드 로건이다.

리틀 빌 일당에게 살해당한 네드 로건은 윌리엄 머니의 가장 가까운 친구이자, 머니가 죄 많은 과거에서 손 씻었음을 보증해주는 '증인'이었다. 한때 윌리엄 머니는 어떤 이유도, 죄책감도 없이 총을 뽑아 살인을 저질렀다. "여자와 아이마저 죽이는 자"로 불리던 그였다. 로건의 회상에 따르면 술에 취한 윌리엄 머니는 살아 움직이는 모든 것을 쏘아버리는 미치광이 살인마나 다름없었다. 머니는 같이 행동하던 동료를 향해서도 스스럼없이 총을 뽑았으며, 그럼에도 믿을 수 없이 뛰어난 실력으로 언제나 살아남았다. 네드 로건은 그토록 통제 불가능했던 윌리엄 머니의 곁을 결코 떠난 적 없는 동료였다. 이후 머니가 아내를 만나 갑작스레 과거를 청산하겠다고 선언하였을 때도 로건은 군말 없이 머니의 이웃이 되어 농부의 삶을 꾸려나간다. 그는 윌리엄 머니의 추악한 과거를 머니 자신만큼이나 잘 알고 있는 동료이자 머니의 극적인 정착 과정을 10여 년간 지켜본 중인이었다. 영화는 머니가 병사한 아내의 무덤을 농장 근처에 마련하는 장면으로 시작한다. 아내가 떠난 뒤에 두 명의 자식을 홀로 키우던 윌리엄 머니는, 농장에서 키우던 돼지가 전염병으로 하나둘 쓰러지자 청부 살인에 다시 손을 대기로 결심한다. 그는 로건을 찾아가 동행하기를 설득하면서 현상금이 걸린 자들이 죽어 마땅한 자라는 점을 거듭 강조한다. 하지만 현상금이 걸린 두 '악당'에 관한 소문은 과장되어 있었다. 실상 악당으로 지목된 둘 중 하나는 제 동료가 여자 얼굴에 칼자국을 내는 동안 그저 얼어붙어 있었으며, 여자가 당한 상해의 정도도 실제보다 부풀려졌다. 머니가 들은 건 "두 악당이 여자의 눈을 파내고, 귀를 자르고, 세상에! 젖꼭지까지 도려냈다더군!" 같은 과장된 정황이다. 윌리엄 머니와 네드 로건이 살인 청부를 맡기 위한 가짜 명분은 그렇게 만들어진다.

　부패한 보안관 리틀 빌이, 트라우마 탓에 결국 아무도 죽이지 못하고 집으로 돌아가던 네드 로건을 고문하다 살해하였을 때, 머니는 가장 가까운 친구와 자기 삶의 유일한 증인을 동시에 잃은 셈이다. 로건의 비극적인 최후를 전해 들은 머니는 죽은 친구가 무고했다는 점을 강조한다. 하지만 무고한 것은 네드 로건만이 아니다. 영화는 현상금이 걸린 두 악당 가운데 선량한 쪽이 죽어가는 모습을 과할 만큼 상세히 묘사함으로써 윌리엄 머니가 그저 돈 때문에 무고한 자를 죽였음을 강조한다. 이는 관객이 친구 잃은 머니를 감정적으로 동정하는 순간에도 변치 않는 사실이다. 이처럼 영화는 주인공에게 용서받을 만한 서사를 획득하게 만듦과 동시에 그가 끝내 '용서받지 못한 자'로 남게 될 것임을 분명히 나타낸다. 현상금이 걸린 두 악당 가운데 여자 얼굴을 난도질한 쪽은 과거의 윌리엄 머니와 다름없는 모습이며, 그런 포악한 동료를 말리고 뒷수습을 해보려는 또 다른 한 명은 네드 로건의 과거를 연상시킨다. 사실 로건의 죽음은 그와 머니가 두 젊은 현상범을 죽인 것에 대한 인과응보의 성격도 띠고 있다. (친구의 죽음 앞에서 머니가 느끼는 주체할 수 없는 분노가 그래서 아이러니하다.) 이후는 전형적인 복수극이다. 윌리엄 머니는 젊을 적 모습처럼 만취한 채로 마을에 당도한다. 시간은 한밤중이며 마침 엄청난 비가 쏟아지는 것으로 가장 전형적인 복수극의 분위기가 만들어진다. 그리고 리틀 빌 일당은 하필 그날따라 술집에 한데 모여 있다. 이로서 홀로 총을 든 윌리엄 머니와 무장한 다섯 명의 악당들은 폭우가 쏟아지는 한밤, 낡은 술집이라는 연극적 무대에 오르게 된다.

결과는 뻔하다. 윌리엄 머니는 순식간에 다섯을 처리한다. 다분히 의도된 이러한 클리셰는 지난 서부극에 대한 오마주이다. 여기에 더해, 이처럼 지나치게 깔끔한 결말, 이토록 잘 구성된 쇼에 가까운 장면은 어떤 상징적 정합성을 완성한다. 다시 말하지만 리틀 빌이 살해한 로건은 지난 10년간 윌리엄 머니의 변화를 보증하는 마지막 증인이었다. 리틀 빌일당은 네드 로건의 시체를 땅에 묻지 않고 술집 앞에 장식품처럼 전시함으로써 망자를 조롱한다. 이는 머니가 가지고 싶어한 인간적인 측면과 그의 끈질긴 참회에 대한 조롱이기도 하다. 이제 남은 것은 죽어 마땅한 리틀 빌에 대한 응징뿐이다. 물론 영화는 훨씬 더 현실적인 결말을 보여줄 수도 있었다. 어쩌면 윌리엄 머니는 총알이 오가는 중에 치명상을 입어 악당들과 함께 죽을 수도 있었다. 어쩌면 그는 총을 쏘는 대신 그저 〈그랜 토리노〉의 월트처럼 부러 살해당함으로써 어떤 윤리적 실천을 감행할 수도 있었다. 하지만 전형적인 서부영화들처럼 윌리엄 머니는 무장한 다섯을 실수 없이, 한 자루 권총으로 정확히 맞혀 쓰러뜨린다. 서두에 잠시 언급했듯이 이 완벽하게 연극적인 결말을 통해 리틀 빌의 폭압에 시달리던 마을 사람들은 해방되고, 관객은 장르 영화의 쾌감을 만끽한 채 집으로 돌아가게 된다.

영화 첫 장면에서 윌리엄 머니는 아내의 무덤 앞에서 고개를 숙인다. 그리고 마지막 장면에서 머니는 다시 그 무덤 앞에 선다. 모든 무덤은 어떤 삶에 관한 증명이자 그 삶의 종언의 상징이기도 하다. 아내의 무덤이라는 상징은 지금껏 윌리엄 머니가 선하게 살아왔음을 증명하는 동시에 그가 살아온 선한 삶의 종언을 고한다. 결말이 제공하는 연극적 쾌감 속에서 폭력에 시달리던 주민들은 그의 폭력을 용서했다. 영화를 본 관객도 그의 폭력을 용서했다. 하지만 그는 자신에게만큼은 용서받지 못할 것이다. 어쩌면 〈용서받지 못한 자〉의 의도는 '정의로운 폭력'의 의미와 가치를 격하시키는 일이다. 피해자와 방관자 모두에게 쾌감을 선사하는, 가장 정당해 보이는 폭력조차 가장 보잘것없는 희생보다는 덜 정의로운 방식이라는 것. 가령 리틀 빌이 심판받기 전, 두 명의 젊은 수배범에게 가해진 머니 일행의 폭력은 정의와 거리가 멀다. 그런데 똑같은 총구가 리틀 빌을 향하자 모든 이들이 전적으로 환호하였다. 방금 눈앞에서 완벽하게 정의로운 심판을 마친 폭력은 다른 시간,

다른 장소에서라면 얼마든지 가장 부당한 폭력으로 변질되곤 한다.

　　마을 사람과 관객 모두 리틀 빌의 죽음에 즐겁게 안도하는 결말부에 이르러 머니는 집과 아내의 무덤을 두고 잠적해버린다. 좋은 폭력과 나쁜 폭력의 이분법이 허상임을 아는 윌리엄 머니의 눈에 그의 정의로운 폭력에 환호하는 이들은 어떻게 보일까? 17년 후 클린트 이스트우드는 〈그랜 토리노〉의 주인공 월트의 희생을 통하여 폭력은 결코 즐겁거나 자연스러운 결말이 될 수 없음을 다시금 강조하게 된다.

비밀과
결말

영화 〈비밀의 숲 테라비시아〉의 주인공 레슬리와 제시는 막 사춘기에 접어든 아이들이다. 소박한 우정과 이성에 대한 호기심이 뒤섞인 둘의 감정이 점차 깊어지는 가운데, 어느 날 제시는 레슬리를 이끌어 어른들 몰래 깊은 숲으로 들어간다. "우리는 장소가 필요해. 우리 둘만의 장소 말이야!" 이것은 숲속에 누워 구름을 바라보던 제시가 나란히 누운 레슬리에게 던진 말이다. 사춘기의 '비밀' 하면 열여섯에 갔던 교회 청년부의 수련회가 떠오른다. 중학교 졸업 후 캐나다에 잠시 살면서 나는 교회 수련회를 세 번 따라갔는데, 지금 돌이켜보면 하나같이 내 인생 아닌 것 같은 장면들뿐이다. 우선은 2박 3일이라는 일정 자체가 어린 나에게는 초현실적이었다. 물론, 유스호스텔이라 불리던 곳에 갇힌 채 몰래 가져온 술이나 마시는 걸 무슨 대단한 일탈인 양 여겨야 했던 한국식 수학여행의 경험이 없는 건 아니었다. 하지만 당시 캐나다 교회 수련회는 뭐랄까 어른들의 간섭이 존재하지 않는 아름다운 무인도 같았다. 저녁 예배 후 목사와 전도사마저 숙소로 돌아가고 나면 그곳은 진실로 우리만의 무인도와 다름없었다. 호기심 가득한 십 대 스무 명 정도가 들판에 피운 모닥불 주위에 둘러앉아, 돌발적이고 아슬아슬한 로맨스를, 조금 더 노골적으로 말하면 누구와 어떻게 키스라도 한 번 해보기를 정말 미치도록 바라며 잠을 참았던 것이다.

별이 너무나도 가깝고 무수한 나머지 밤하늘이 무게를 못 이기고 무너질 것 같다는 느낌을 받아본 적 있는가? 캐나다에서 처음 가본 교회 수련회의 밤하늘이 매일 그랬다. 그런 밤하늘 밑에서, 고소하게 익어가는 건 나뭇가지 끝에 꽂아 불가에 세워둔 마시멜로만은 아니었다. 산속이라 밤엔 기온이 뚝 떨어졌고 몇몇 아이들은 어쩔 수 없다는 표정으로 몸과 몸을 밀착했다. 한국에서 머리 밀고 중학교 다니다가 갓 몇 주 전에 바다를 건너온 나에게, 좁은 담요 한 장 속에 나란히 앉아 서로의 어깨와 가슴팍에 기댄 십 대 남녀를 보는 일은…… 나이를 잊게 만들었다. 꼭 어른만 흥겨워서 나이를 잊는 건 아닐 것이다. 오히려 더 위험하고 행복한 쪽은 그 반대의 경우가 아닐까 싶다. 하여튼 나 자신은 누구보다 조신하게 홀로 앉아서도 어른이 된 것 같은 기분이었다. 지금도 그날의 흥분과 선망을 잊을 수가 없다.

수련회의 하이라이트는 새벽부터 시작되는 '촛불 앞에서 비밀 말하기'였다. 모닥불이 꺼지고 숙소로 돌아와 우리는 꼭 그것까지 해봐야 직성이 풀렸다. 돌아보면 꼴사납고 유치한 놀이라서 지금도 얼굴이 빨개진다. 아이들도 나중엔 그 놀이에 완전히 질려버려서, 세 번의 수련회 가운데 마지막 수련회에선 비밀 말하기는 자취를 감추게 된다. 우리가 자기 비밀을 털어놓고 싶어 그저 안달 나 있었다는 걸, 자기가 이 가운데 누구를 몰래 좋아하는지 알리려는 마음이 우리를 촛불 앞에서 한없이 감상적으로 만들었다는 걸, 비밀 말하기가 연애 놀이 혹은 음탕한 경험 자백의 도구였다는 걸, 어리다고 해서 끝내 몰랐겠는가? 게다가 이 뻔뻔한 놀이에는 성경도 동원되었다. 성경책에 손을 얹은 채 거짓말하면 절대로 안 된다고 우리는 서로에게 짐짓 엄중하게 경고하였고, 그러면 다들 에라 모르겠다, 차라리 잘됐다는 심정으로 어떤 짓궂은 질문에도 진실을 술술 털어놓았던 것이다. 규칙은 간단했다. 1) 촛불을 차례로 돌린다. 2) 촛불을 쥔 사람이 아무에게나 질문을 받는다. 3) 촛불 든 사람은 최대 세 개의 질문을 받게 되며 패스(답하지 않음)는 단 한 번만 가능하다. 4) 패스가 가능하지 않은 상태에서 답을 거부하면 벌칙을 받는데, 보통은 운동 좀 하는 남자애가 해내기도 어려운 벌칙(팔굽혀펴기 30회 등)이 대부분이어서 여학생은 자기 벌칙을 대신 받을 남자를 지목하는 게 관례였다. 5) 한 사람이 총 두 번의 촛불을 받으면 게임이 끝난다.

촛불과 성경책이 손에서 손으로 이어지는 이 놀이가 모두에게 낭만적이라면 좋았겠지만……. 사실이 비밀 말하기는 철저히 '주인공'을 위한 게임이었다. 가령 과정 2)에서 아무 질문도 받지 못하는 사람이 꽤 됐다. 아니, 벌을 서듯 촛불을 들고 시간을 끌다 보면 무슨 질문을 받기는 받았다. 그래야 촛불이 다음 사람으로 넘어갈 수 있으니까. 하지만 순서를 넘기기 위한 질문은 '너 오늘 아침에 뭐 먹었어?'처럼 쓸데없는 것들이었다. 그렇게 누군가는 촛불과 성경을 든 채 아무도 자신에게 매력을 느끼지 못한다는 사실을 확인해야 했다. 수련회에서 놀던 스무 명 가운데 캠프파이어와 비밀 말하기로 로맨스를 경험하는 애들은 다수가 아니었다. 대체로 열다섯 정도가 항상 로맨스의 관객으로 겉돌았다. 게다가 더욱 불행하게도 그들은 무대에 오르기를 간절히 원하는 관객이었다. 하지만 과정 4)에서 곤란한 질문을 받은 인기 없는 여자아이가 대신 벌칙 받을 남자를 구하지 못해 팔굽혀펴기를 하다가 쓰러지고, 누군가 '이제 그만 봐주자!' 같은 정의로운(?) 말로 분위기를 수습하던 상황을 몇 번 지켜보고 나서 나는 그 놀이를 전혀 즐길 수 없게 되었다.

그럼에도 비밀 말하기 놀이의 자리에 끝까지 남아 있는 아이들은 누구였을까? 우선은 내가 거기 있었다. 재미없다고 곧 나가버리기가 민망하기도 했고, 교회 다닌 지 얼마 안 되었기에 누구랑 다른 데서 놀만한 처지도 아니었다. 혹시 나에게도 로맨스가 있을까 하는 기대도 없지 않았다. 그때의 나는 정말 스스로 생각해도 누군가에게 사랑받을 만한 구석이 전혀 없었는데도 그랬다. 나 역시 누구와 비밀을 만들고 싶었고 설레고 싶었으며 그걸 모두에게 말하고 싶었다. 내가 누군가의 비밀이길 간절히 바라였으며 그러한 비밀이 나와 그를 비밀스러운 방식으로 묶어주기를 바란 것이다. 나처럼 놀이에서 빠지기 민망해서 아니면 혹시나 하는 기대로 남아 있던 아이들과 함께, 당연하게도 로맨스의 주연들 또한 마지막까지 자리를 지켰다. 주인공 무리에 제대로 끼지 못하였다는 내 열등감 탓에 지금까지의 진술이, 놀이와 놀이를 즐기려는 청년다운 감수성을 싸잡아 비난하는 뉘앙스는 아니었는지 좀 반성하게 된다. 어찌되었든, 정말, 아무도 비난받을 이유는 없다. 비밀이 지닌 어떤 측면이 아직 어렸던 우리를 매혹했던 것뿐이다.

당시 교회 수련회를 반대하는 부모들의 수가 상당했던 것으로 기억한다. 그래서 결국 내가 한국으로 돌아온 이듬해부터 교회 청년부의 수련회는 어른들이 바라는 대로 엄청나게 건전하게 변하였다. 저녁 예배 이후 캠프파이어 자리엔 전도사가 항시 동석하였고, 키스와 같은 노골적인 행위를 방지하기 위해 엄중한 관리가 이루어졌다고 한다. 점차 그곳 친구들과 연락이 끊어지면서 수련회가 그토록 쓸데없는 건전함을 언제까지 유지했는지는 알 수가 없다. 물론 어른들의 걱정에 일리가 없는 건 아니었다. 어릴 적 수련회에서 우리는 키스하고 싶었거나 키스에 관하여 마음껏 이야기하고 싶었다. 우리는 교회가 음란하다고 통제하는 생각에 관하여 어느 정도는 노골적으로 말해보고 싶었다. 그래 맞다. 때로 우리는 노골적으로 음란하고 싶었다. 하지만 아무렇게나 그렇게 하기엔 여전히 순진하였기에, 또 그때는 어린 마음에 진심으로 신을 사랑하고 두려워하였기에, 비밀 말하기라는 놀이에 기대어 그렇게 했다.

어른들은 우리가 수련회라는 미지의 무인도에서 몰래 말도 못 할 커다란 비밀을 쌓아가고 있다고 생각했고, 그렇게 아이들이 쌓아둔 비밀이 엄청나게 나쁜 결말로 이어지리라 걱정했다. 우리집 아이 다니는 유치원에서 7살 졸업 전에 1박 2일 파자마 파티를 한다는 얘기를 듣고 교회 수련회를 염려하던 어른들 마음이 조금 이해가 되기도 했다. 그렇지만 아이가 쌓아가는 비밀들이 아이를 어른으로 키운다는 사실도 나는 굳게 믿고 있다. 30년 전의 마지막 수련회에서 나는 운 좋게 어떤 아름다운 학생과 포옹과 키스를 나누었고 그를 향한 감정에 관해서도 충분히 이야기할 수 있었다. 집으로 돌아와 누구에게도 말하지 않았던 저 비밀은 그래서 어떤 결말로 이어졌을까? 그날의 별이 무척 크고 아름다웠다는 결말. 그

린 비밀스러운 별이 나를 조금은 더 조심스럽고 신
중한 사람으로 만들어주었다는 결말.

아주 달콤한
문학

누군가의 욕망이란 그의 정체성과 연관된다. 가령 당신이 무슨 음악과 책을 즐기는지, 어떤 친구를 가까이 두는지, 어느 단체에 기부하며 누구에게 돈을 쓰는지만큼 당신을 잘 드러내는 지표는 없다. 거리를 걷고 있는 당신의 시선을 빼앗고 잠시 발걸음을 멈추게 만드는 특정한 포스터, 쇼윈도, 타인의 생김새 등과 같은 욕망의 외연들이 모여 당신의 정체성을 이루는 것이다. 그럼에도 우리는 우리의 욕망을 정확히 파악하진 못한다. 인간의 욕망은 언제나 막연해서 우리는 우리가 '원하는 것'을 구하는 것이 아니라 우리가 '원한다고 생각하는 것'을 좇으며 살아간다. 뮤지컬 〈팬레터〉가 그려내는 욕망의 성격도 크게 다르지 않다. 글을 쓰려는 세훈의 욕망은 세훈 자신에게도 낯설고 갑작스러운 것이다. 1930년대 일본 대학에서 공부하던 세훈은 조선어로 글을 쓰는 작가가 되겠다며 식민지 조국으로 돌아온다. 유학을 다 마치라는 아버지를 거스르며 조선에 체류 중이라 당연히 수중에 돈이 있을 리도 없고 마땅한 거처를 마련할 형편도 아니다. 대체 작가가 되는 일이 무어라고 그는 이와 같은 수고와 고통을 자초할까? 이에 관한 세훈의 설명은 막연하기만 하다. 그는 진짜 '나'를 찾고 싶다는 자신의 간절함과 문학의 감동을 이해하지 못한다는 이유로 제 아버지를 비난하지만, 문학적으로 고양된 세훈의 감정을 전적으로 이해하고 지지할 수 있는 사람은 예나 지금이나 적을 듯하다.

어쩌면 세훈에게 문학이란 하기 싫은 공부를 잠시 피하기 위한 도피처였을지도 모른다. 어쩌면 세훈이 먼저 접한 것이 문학 아닌 그림이었다면 그는 화가가 되려는 욕망에 불탔을지도 모른다. 어쩌면 더 근본적으로, 세훈이 보여준 글쓰기 재능이란 것이 실은 그리 대단치 않았을 수도 있다. 여성이 글을 쓰는 일 자체가 이슈가 되던 시대였기에 세훈이 사용한 '히카루'라는 여성의 필명이 그의 글이 가진 유일한 매력이었을 가능성도 있다. 세훈을 부유한 유학생의 신분에서 쪽방에서 눕고 일어나며 잡일이나 거드는 급사로 변모시킨 것은 바로, 이토록 수많은 '어쩌면'이 모여 우연히 만들어낸, 저 밑도 끝도 없는 욕망이다. 그리고 그러한 모호한 욕망이 하염없이 바라보고 있는 자리, 혹은 모호한 욕망을 통하여 규정된 선명한 '나'의 모습이야말로 판타지 자체가 아닌가. 그래서 뮤지컬 〈팬레터〉가 구성하는 판타지는 단순한 환상이나 거짓과는 다르다. 오히려 뮤지컬은 이렇게 말하는 것 같다. 판타지야말로 우리의 일상을 유지하고 삶을 밀고 나가는 원동력이라고. 해명될 수 없는 욕망이 만들어낸, 해명 가능한 저 판타지가 어쩌면 우리 삶의 목적이자 의미일 수 있다고. 작가가 되려는 세훈의 욕망이 '진짜'인지를 묻는 건 그래서 쓸데없는 일이 된다. 애초 욕망의 진위가 판명될 수 없기 때문이다. 이 뮤지컬이 강조하는 지점은, 세훈이 지리멸렬한 자기 욕망을 통일된 인격체인 히카루를 내세워 대체했다는 사실이며, 결국은 하나의 인격으로 현현하게 된 히카루-판타지가 세훈의 현실을 지탱하게 되었다는 점이다. 같은 맥락에서, 무대 위에서 움직이고 노래하는 히카루가 '진짜'인지─그것이 세훈의 무의식인지, 욕망인지 혹은 또 다른 인격인지─를 묻는 질문도 유효하지 않을 것이다. 히카루는 〈팬레터〉가 보여주려는 판타지의 성격 자체이며, 그것의 인격화이다. 그녀는 '현실'일 리 없으면서도, 현실에 속하여 글을 쓰고 노래하고 또한 사랑을 나누어야만 한다. 이처럼 실재하는 공백으로서, 무대 위로 불려나온 히카루-판타지는 세훈-현실을 존재하게 하는 조건이자 본질처럼 기능하기 시작한다.

뮤지컬 〈팬레터〉는 실존 작가와 실제 사건을 모티프로 삼는다. 뮤지컬이 사용하는 '칠인회'라는 명칭부터가 1933년 실재하였던 문학 동인 '구인회'의 변용이다. 이 단체는 김기림, 이태준, 이효석, 정지용 등 당대 유명한 작가와 평론가 9인이 모여 창립하였으며, 문학사적으로는 순수문학과 모더니즘의 흐름을 계승하는 의의를 갖는다. 〈팬레터〉의 수남은 한국근대문학에 모더니즘을 본격적으로 소개한 김기림을, 태준은 〈봄밤〉〈복덕방〉 등의 소설로 널리 알려진 이태준을 모델로 한다. 극에 등장하는 김환태 역시 실제로 1930년대 중반을 전후로 활발히 활동한 문학 평론가이다. 세훈이 동경하는 김해진의 모델은 〈봄봄〉〈동백꽃〉 등의 소설로 유명한 김유정이며, 이윤은 〈날개〉〈종생기〉 등의 소설과 여러 편의 실험적인 시로 널리 알려진 작가 이상이 모델이다. 두 사람은 모두 구인회에 결원이 생겨 나중에 합류하였는데 그룹 안에서도 특히 각별한 우정을 나눈 것으로 알려져 있다. 우리는 천재에 관한 이야기를 좋아한다. 게다가 실존 작가를 모티프로 한 뮤지컬이니 더욱 매력적일 수밖에. 하지만 김해진이 실제 김유정을 얼마나 반영하는지, 이윤과 이상이 얼마나 비슷한지를 고민할 필요는 없을 것이다. 이미 밝힌 것처럼 〈팬레터〉는 세훈과 히카루, 해진의 욕망과 정체성을 경유하여 판타지의 성격을 해명한다.

이 뮤지컬이 적산가옥의 내부를 탁월하게 재현하였다는 점이나 실존 작가의 전기를 치밀하게 취재하였다는 사실과는 별개로, 〈팬레터〉의 시대와 공간, 인물은 '1930년대 구인회'라는 문학사적 시공간을 아름다운 방식으로 굴절시키고 있다. 〈팬레터〉의 무대 위에서, 문학이란 지극히 숭고하고 아름다운 무엇이다. 〈팬레터〉가 형상화하는 작가는 광인이며 천재다. 그들은 시대의 모멸과 육체의 고통을 최고 수준의 작품으로 승화시키는 자들이고 문학의 숭고한 이상을 위해서라면 제 목숨마저 내던질 존재들이다. 사실 작품과 작가에 관한 이와 같은 통념은 낭만주의 시대의 유물 같은 것이리라. 뮤지컬이 이야기하는 '뮤즈'의 개념만 봐도 그렇다. 시가 창작되는 과정을 뮤즈라는 개념으로 해명하게 되면 시인의 지위는 신과 소통하는 자, 신의 숭고한 언어를 받아쓰는 자, 그리하여 아름답게 저주받은 자로 격상된다. 물론 현대적인 인식 속에서 작가는 신의 신성한 대리인도 천재도 아니다. 그는 자기 건강을 염려하고 돈이 부족하면 낙담하는 생활인이다.

담배 연기 자욱한 방, 책상과 바닥에 두껍게 쌓여 가는 원고지와 여기저기서 들려오는 병약한 기침소리, 기이한 태도를 보이지만 천재적이고 아름다운 언어를 구사하는 그곳의 작가들, 세상을 떠들썩하게 만드는 그들의 스캔들까지. 이처럼 〈팬레터〉는 너무나도 정확하게 1930년대적인 문학을 재현한다. 그러한 30년대적인 편견은 현재에 이르러서도 폭넓은 대중에게 호소력을 발휘하는 것이다. 거듭 말하지만 30년대의 문학이 '진짜' 그러했는지가 중요한 건 아니다. 판타지의 탁월함은 진짜보다 더 진짜 같은 가짜, 오히려 진짜를 지탱하는 가짜를 보여준다는 데 있다. 〈팬레터〉의 결말은 살아남은 세훈의 목소리를 통하여 저 진실된 가짜가 문학의 성격과 효용 그 자체임을 다시 한번 주장한다. 이는 문학적인 사람들이 지닌 낭만성과 조응하는 달콤하기 그지없는 엔딩이다.

배드엔딩과
부드러운 마음

시의 아름다움은 새로움과 한 몸이다. '새롭지 않지만 아름다운 작품'과 같은 평가는 가능하지 않다. 굳이 시를 예로 들지 않아도 사정은 비슷할 것이다. 우리가 만일 누군가의 얼굴, 어느 시절의 옷차림, 특정한 건축 양식 따위에서 아름다움을 느낀다면 이는 그 대상이 동시대의 동류와 비교해 어떻게든, 조금은 새롭기 때문이다. 그런데 이때 아름다움과 연관된 새로움이란 또 지나치게 낯선 것이어서는 안 된다. 얼굴, 옷차림, 건축물 등은 일반에게 익숙한 형식을 크게 벗어나지 않는 한에서만 새롭고 아름다운 것으로 수용될 수 있다. 이목구비가 지워진 초상, 정육을 걸친 육체 등을 담은 그림이 수용자에게 아름답다는 감상보다 그로테스크한 느낌부터 불러일으키는 이유는 그러한 이미지가 우리가 흔히 아는 얼굴 혹은 의복이라는 형식과 너무나도 동떨어져 있는 탓이다.

2021년 1월호 〈문장웹진〉에 실린 임유영 시인의 〈부드러운 마음〉 전문을 옮긴다. 마지막 두 연을 빼면 승려와 동자승의 대화로 모든 연을 구성한 이 작품을 여유롭고 부드러운 마음으로 꼼꼼히 따라 읽어 주었으면 한다.

어데 그리 바삐 가십니까, 동자여. 바지가 다 젖고 신도 추졌소. 뛴뛴다고 나무라는 게 아니라 급한 일이 무엇이오.

이보, 여보, 나무아미타불, 관세음보살, 나 지금 아랫마을 개가 땅을 판다기에 바삐 가오. 개가 주인도 안 보고 밥도 아니 먹고. 빼빼 말라 거죽밖에 남지 않은 암캐가 땅만 판다 하오.

그 개 물 주어 봤소?

그 물 주러 가는 길이요, 그래 내가 이래 다 쏟아 온데 사방이 추졌소.

동자승아, 동자여, 뚜껑 단단히 닫고 가소. 여기 물 더 있으니 모자라면 부어 가소. 보온병에 뜨신 커피 있으니 이것도 가져가소.

필요 없소, 필요 없소. 무슨 개가 커피를 먹는답디까?
당신 행색 보아하니 혹 땡중이오? 우리 주지스님 힘이 장사다.

그 개 다 틀렸다, 개가 땅을 파면 죽는다.

동자가 쌩하게 뛰어 개 키우는 집에 가보니 개는 벌써 구덩이에 죽어 늘어져 있었다. 동자가 개에게 물 뿌리려는 것을 주인이 잡아 옷을 싹 벗겨 빨아 새

옷으로 갈아입히고 개 무덤에 흙을 뿌리게 하였더
니 동자가 엉엉 울다가 개 무덤에 대고 아이고 개
야, 개야, 너 전생에 사람이었는데 외로이 죽고 개
로 태어났다가 또 혼자 죽으니 두 번 다시 태어나지
말라, 태어나지 말라 수차례 외쳐 일렀다.

동자의 말을 들은 사람들이 모두 웃었다.

처음 읽었을 때 우선 글이 좋아서 놀랐고 이 시
를 대하는 나의 고정관념에 한 번 더 놀랐다. 얼마
전에 데뷔한 시인의 작품에서, 개를 살리려 아랫마
을로 내달리는 동자승 얘기를 보리라곤 예상하지 못
했다. 게다가 문예지와 시집 들을 꾸준히 따라 읽어
야 하는 처지라 개라는 소재 자체가 식상하기도 했
다. 고양이만큼이나 흔한데다 사람과 교감한 역사도
유구해서인지 현대시엔 이런저런 개들이 수시로 등
장한다. 검은 개, 흰 개, 누런 개 등이 작품에 번갈
아 등장하여 사랑받거나 고통당하고 그러다 비참하
게 죽기도 한다. 그런데 〈부드러운 마음〉은 전혀 새

롭다 말하기 어려운 죽은 개와 동자승을 가지고 이 토록 아름다운 이야기를 만들어낸다.

시에서 개의 죽음에 슬퍼하고 인간의 무심에 분노하는 건 동자승뿐이다. 나머지 인물들은 모두 "웃었다." 저 웃음은 짐짓 동자의 이야기에 귀 기울이는 듯 보였으나 결국 보온병에 담긴 커피나 개에게 줘보라며 수작을 거는 승려 마음, 혹은 동자승을 여느 동네 아이와 같이 대하며 그의 젖은 옷을 새 옷으로 갈아입히는 개 주인의 태도와 다르지 않다. 바쁜 자기를 붙들어놓고 커피 따위나 건네는 승려에게 땡중이냐며 화를 내는 동자승이 있고, 장난을 장난으로 받지 못하는 아이에게 "그 개 다 틀렸다, 개가 땅을 파면 죽는다."고 사뭇 가르치는 말씨로 대꾸하는 승려가 있다. 그리고 이 두 사람 사이에는 타자의 생명을 어떻게, 얼마나 진지하게 대할 것인가에 관한 윤리적 상상력의 차이가 존재한다. 불교의 교리는 모든 생명이 존엄하고 평등하며 연기적 상호관계를 이룬다고 가르친다. 개의 죽음에 통곡하던 동자는 "아이고 개야, 개야, 너 전생에 사람이었는데 외로이 죽고 개로 태어났다가 또 혼자 죽으니 두 번 다시 태어나지 말라, 태어나지 말라 수차례 외쳐 일렀다." 다소 과장돼 보이는 이 애도의 상황에서 철없고 어리석은 자는 과연 동자승일까? 힘이 센 주지스님까지 들먹이면서 커피 권하는 저 '땡중'을 위협하려 했던 동자의 심성은 순박한 어린아이의 것이자 동시에 부처의 것이기도 하다. 일견 순진해 보이는 동자의 울음과, 알 것 다 아는 어른들의 웃음 사이 존재하는 상상력과 감수성의 격차야말로 임유영 시인이 펼쳐놓은 미적 깊이와 폭이다.

이 시는 개가 땅에 묻히며 끝난다. 마지막 장면에서 동자승은 울고 주변은 그를 비웃고 있다. 내용상 〈부드러운 마음〉은 배드엔딩이다. 그렇지만 개를 위해 곡하는 동자의 뒷모습을 두고 독자는 제 마음이 한결 부드러워짐을 느낀다. 문학이 독자에게 미치는 영향을 따지는 효용론의 측면에서 볼 때 인간에게 인간적인 것을 돌아보게 하는 결말보다 더 아름다운 결말은 없을 것이다. 어떻게 보면 서사 장르의 개연성은 기만적인 방식으로 아름다움을 관철해낸다. 우리는 어떤 슬픈 서사가 헛것임을 알더라도 그것이 충분히 아름답다면 눈물을 흘릴 수 있다. 그러나 또 그러한 슬픔이 결국 헛것의 산물임을 알고 있기에 독자는 거기서 감동과 교훈을 얻는다. (논픽션 서사라면 타인의 겪는 슬픔 앞에서의 감동은 아주 뻔뻔한 감정이 된다!) 〈부드러운 마음〉처럼 탁월하게 조탁된 서사를 읽고 난 독자는 언제나 행복하게 책을 덮게 되는 것이다.

이 책이 소개한 '엔딩'들

우리의 고난을 아이에게 알리지 말라

인문서_《선물》, 루이스 하이드, 유유

그림책_《크리스마스 선물》, 존 버닝햄, 시공사

그림책_《야, 우리 기차에서 내려!》, 존 버닝햄, 비룡소

지금 〈매트릭스〉는 왜 재미가 없을까?

영화_〈매트릭스〉, 더 워쇼스키스

권선징악 혹은 복수의 황금률, 그리고 그 너머의 무엇

동화_《잭과 콩나무》

동화_《장화홍련전》

동화_《피리 부는 사나이》

동화_《백설공주》

동화_《신데렐라》

동화_《헨젤과 그레텔》

서랍 속으로 들어간 〈미드나잇 인 파리〉

영화_〈미드나잇 인 파리〉, 우디 앨런

화 권하는 사회

드라마_〈성난 사람들〉

특별한 사람이고 싶다는 생각

영화_〈맨 오브 스틸〉, 잭 스나이더

자식 사랑하는 마음

애니메이션_〈혹시 내게 무슨 일이 생기면〉

돈과 공동체

드라마_〈더 베어〉

시종일관 해피엔딩

라이트노벨/애니메이션_'이세계물(異世界物)'

죽음에 관한 덜 나쁜 엔딩

만화_《빈란드 사가》, 유키무라 마코토

나는 신이 아니다

다큐멘터리 시리즈_〈나는 신이다: 신이 배신한 사람들〉

지평과 유리창

영화_〈트루 라이즈〉, 제임스 카메론

영화_〈람보 3〉, 피터 맥노널드

영화_'007' 시리즈

시_〈유리의 존재〉, 김행숙, 《무슨 심부름을 가는 중이니》,
　　문학과지성사

해변이 우리를 갈라놓을지라도

그림책_《아모스와 보리스》, 윌리엄 스타이그, 비룡소

어떤 장르의 어떤 엔딩

드라마_〈재벌집 막내아들〉

비극의 카타르시스와 행복한 일상

드라마_〈더 글로리〉

영화_〈친절한 금자씨〉, 박찬욱

드라마_〈원 더 우먼〉

영화_〈밀리언 달러 베이비〉, 클린트 이스트우드

이토록 통쾌하고 흥분되는 쇼

영화_〈용서받지 못한 자〉, 클린트 이스트우드

영화_〈그랜 토리노〉, 클린트 이스트우드

비밀과 결말

영화_〈비밀의 숲 테라비시아〉, 가버 추보

아주 달콤한 문학

뮤지컬_〈팬레터〉

배드엔딩과 부드러운 마음

시_〈부드러운 마음〉, 임유영, 문장웹진

선물 하나가 놓이기까지
− 해피 '엔딩' 이야기

초판 1쇄 발행 2023년 8월 28일

지은이 김상혁
발행편집 유지희
디자인 송윤형, 이정아
제작 제이오

펴낸곳 테오리아
       출판등록 2013년 6월 28일 제2023-000039호
       전화 02-3144-7827 팩스 0303-3444-7827
       전자우편 theoriabooks@gmail.com

ⓒ 김상혁 2023
ISBN 979-11-87789-42-0 03810